目次

ウチでハメよう

第一章　隣はナニをするひとぞ

1

かけがえのないものは、当たり前で平和な日常である――。

この二年ほどで、多くの人間がそのことを実感したはずだ。何が大切なのかを、誰もが失って初めて理解したに違いない。

保科源太（ほしなげんた）も、日常を取り戻すことを長らく望んでいた。なのに、懸念が去った今、どうして元の生活に戻れないのだろう。まったくもって合点がいかない。

やるせなくため息をつく彼がいるのは、自宅マンションのリビングだ。フローリングの床にテーブルを置き、その上にはノートパソコン。平日の昼間ゆえ、仕事をしているわけである。

つまり、在宅ワークの真っ最中ということ。

世界的に広まった新種のウイルスにより、ひとびとは生活様式の変更を余儀なくされた。感染を抑えるために集会や外出を自粛し、他者との接触を避け、マスクの着用や手指の消毒が当たり前の日々を送った。

打撃を受けたのは、飲食店や劇場であった。スポーツ関係や、その他の娯楽施設もしかり。また、一般の勤め人もなるべく出勤しないようにと、家での仕事を求められた。

それでもひとびとは希望を失うことなく、ワクチンを接種してウイルスと戦った。不自由に耐え、どうにか以前の日常を取り戻したのである。

とは言え、何もかもがウイルス禍以前の状態になったわけではない。影響は少なからず残った。たとえば個人レベルなら、未だにマスクの手放せない者がいたりする。

源太の場合、ウイルスが流行していたあいだも、生活が大きく変わったわけではなかった。もちろん、マスクの着用や消毒は欠かさなかったものの、普通に出勤し、朝から晩まで仕事に明け暮れていたのである。

源太が勤めているのは、ウェブサイトの企画デザインを手がける会社である。企画主任の肩書きを持つ彼は、一日の大半をオフィスで過ごす仕事人間だった。と言うより、仕事以外にすることがなかったというのが正しい。

四十歳にして独身。二十代の終わりに、当時付き合っていた彼女と別れて以来、親しい付き合いの異性はいなかった。

さらに、これといった趣味も持ち合わせていない。収入は衣食住などの必要なものに使うのみ。タバコは吸わず、酒はたまに缶ビールを飲む程度。

そういう人間だからこそ、ウイルスがあろうがなかろうが関係なく、会社で仕事に励めたわけである。

源太にとって、家というのは帰って寝るためにあるものだった。会社は都心だが、寝るだけの場所にお金をかける必要はないと、都内でも西寄りにある物件を借りた。

そうなると、今度は通勤に時間がかかる。満員の電車に乗るのは鬱陶しいし、できれば避けたい。

どうせ帰ってもすることがないと、源太は会社に泊まることが多かった。近くにはサウナや銭湯があったし、加えて会議室のソファーが、実に寝心地がよかったのである。

ウイルス禍にあったとき、可能な者は在宅ワークをするよう、会社が方針を定めた。そのため、出社する人間がぐっと減った。

おかげでオフィスは静かになり、いっそう快適に過ごせるようになった。源太はますます会社から離れられなくなり、帰るのは週末のみなんてこともざらだったのである。

時が過ぎ、ウイルスの心配をする必要がなくなり、源太の会社も以前の姿に戻るはずであった。ところが、経営陣があることに気がついてしまった。

——あれ、べつに社員を出社させなくてもいいんじゃないか？

多くの社員が在宅ワークをしていたあいだ、仕事に支障が出たことは一度としてなかった。もともとパソコンがあればどうにかなる職種であり、会議もオンラインで事足りる。よって、わざわざオフィスまで来る必要はない。

しかも、通勤しなければ、そのぶんの手当を支払わずに済む。オフィスだって必要最小限の広さを借りれば、家賃も節約できる。

かくして、在宅ワークがデフォルトと定められた。社員兼警備員と呼ばれた源太までもが、自宅で仕事をせねばならなくなったのである。

(まったく、とんだとばっちりだよ)

源太は愚痴らずにいられなかった。おれは会社に就職したのであって、家に就職したわけではないのにと。

通勤しなくていいから楽だなんて考えは、あいにく持ち合わせていなかった。むしろ、ずっと会社で仕事をしていたために、環境が変わってなかなか集中できない。一カ月近く経つのに、能率がさっぱり上がらなかった。

しかしながら、すでに会社には居場所がない。潔く諦め、在宅ワークに慣れるしかないのだ。

とにかく頑張ろうと気持ちを新たにしたところで、隣室から声が聞こえた。いや、正確に言えば喘ぎ声だ。

(チッ、また始めやがった)

やれやれと思いつつも、源太とて男である。独り身が長いこともあって、羨望と妬みの両方を抱きながら、昂りも抑えきれなかった。

このマンションは、各室で間取りが異なる。部屋数も様々で、独居やふたり住まい、さらには家族世帯と、住んでいる人数もまちまちである。

源太の住まいは１ＬＤＫだ。リビングダイニングキッチンと、寝室に使っているもうひと部屋という間取りだった。

彼の隣は、夫婦ふたり世帯である。おそらく2LDK以上ではあるまいか。源太は家に住んでいるのは同い年ぐらいであろう夫と、三十代の半ばらしき妻。源太は家にいないことが多かったし、交流と言えるほどのものはないが、それぞれと顔を合わせて、会釈したことぐらいならあった。

ちなみに、奥さんの名前が落合花帆であることは知っている。源太のポストに、お隣へのダイレクトメールが間違って入っていたことがあり、その宛名を見たからだ。

夫が普通の勤め人だというのも、出勤のとき一緒になったことがあるからわかる。在宅ワークをするようになって、奥さんのほうもパートか何かで家を空けるのが判明した。休みは土日以外に火曜と木曜。壁がそれほど厚くなく、隣の生活音がけっこう筒抜けなのである。

今日は火曜日。つまり、奥さんは在宅だ。

先週ぐらいから、火曜日と木曜日の昼間に、こうして喘ぎ声が聞こえるようになった。どうやら奥さんが男を連れ込み、夫の居ぬ間に浮気をしているらしい。

隣の奥さん——花帆は、愛嬌のあるタヌキ顔だ。笑うと鼻梁にシワができるのが、やけに色っぽい。パンツスタイルだと下半身のむっちり感が際立って、いかにも熟れ頃というボディの持ち主でもあった。

だからと言って、特に男好きというふうには見えない。そのため、最初に色めいた声が耳に入ったときには、かなり動揺した。真っ昼間だったものだから、尚さらに。

夜の営みの声は、聞いたことがない。以前は帰っても遅い時刻で、源太はシャワーを浴びて寝るだけだったし、隣のことなど無関心だった。

けれど、家で仕事をするようになってからは、あれこれ聞こえるものだから、気にするようになったのである。

喧嘩の声は特に聞こえなかった。普通に仲睦まじい夫婦だと思っていたのだ。そのため、奥さんが浮気をするなんて、とても信じられなかった。

もしかしたら、夫が抱いてくれないために、他の男で欲求不満を解消することにしたのか。パート先の上司あたりを誘い込んで。

などと想像しながら、隣室との境の壁に、音を立てないよう四つん這いで近づく。もちろん、盗み聞きをするために。

《ああ、あん、いやぁ》

なまめかしい声がかなりはっきり聞こえて、ドキッとする。回数をこなしたことで大胆になったのか、これまでより派手によがっているようだ。

おかげで、源太のほうも大昂奮であった。

(あの奥さんが、この壁の向こうでエロいことを――)

挨拶を交わす程度の仲であっても、本人を知っているのである。いやらしさも格別だった。

ブリーフの内側で、牡の分身が膨張する。猛々しい変化で、ズボンの前を痛いほどに突っ張らせた。

(うう、たまらない)

十年以上も恋人がいない源太にとって、劣情を駆られたときの頼みの綱は右手である。そう、こんなときにはオナニーだ。

仕事中だったものの、ここは自分の部屋。ナニをするのも自由である。

この点は在宅ワークでよかったと思いつつ、源太はズボンとブリーフをまとめて脱ぎおろした。会社のジョブからハンドジョブへ、華麗に転身する。

「むうう」

反り返る硬筒を握るなり、快美の波が背すじを伝った。

（うわ……なんか、いつもより気持ちいいぞ）

リアルなセックスを耳にして、昂りが著しいためだろう。

強ばりをゆるゆるとしごきながら、聞き耳を立てる。普段の挨拶の声とはやはり違う。アノときはこんな声なのかと、新たな発見をした気がした。

ところが、

（あれ？）

源太は気がついた。女性の声が、ふたりぶん聞こえることに。

《あん、いやらしすぎるぅ》

息をはずませながらの、第三者的な感想。そちらが隣の奥さん——花帆の声だったのだ。

（それじゃ、3Pをしてるのか！）

ふたりでするのに飽き足らず、同性の知り合いも引っ張り込んだというのか。

いや、知り合いとは限らない。マッチングアプリか何かで同好の士を誘い、自宅で放埒なプレイに耽っている可能性もある。

そこまで奔放で欲望に忠実ならば、おれを誘ってくれればいいのに。源太は悔しくてたまらなかった。壁を隔てたすぐ近くに、女に不自由している男がいるのだと、声を大にして訴えたかった。

もちろん、本当に声を出したら、盗み聞きがバレてしまう。

そもそも、源太は以前、あまり帰らなかったのだ。今だって四六時中家に居ても、仕事ばかりで声も出さずに過ごしている。ずっと不在だと思われている可能性があった。

だからこそ、花帆はあられもない声を響かせているのだろう。落合家の向こう側は非常用の階段で、隣り合った部屋は源太のところだけなのだ。

仲間に入れてくれたら、二対二でより愉しめるはずなのに。今度花帆に会ったら、それとなく伝えておこうかと思ったとき、

《イヤイヤ、そんなのダメぇ》

やけに差し迫った声が聞こえてギョッとする。奥さんではない方の女性だ。さらに、

《ああ、そんなことしないで》

と、花帆も見ていられないとばかりに声をかけた。どうやら調子に乗った男が、女体を荒々しく責め立てているらしい。

あいにくそんな経験はないけれど、源太だってふたりの女性を相手にしたら、

舞いあがって何をするかわからない。よって、男の心境は理解できる。

だからと言って、やり過ぎはよくない。まして、女性を傷つけるなんて論外である。

（あまり酷いことをしたら、ただじゃおかないぞ）

妬ましさもあって敵意を抱いた直後、

《イタっ》

鋭い悲鳴が上がった。

（え、何だ？）

聞き耳を立てると、パシッと鋭い打擲（ちょうちゃく）音も聞こえた。

《イヤイヤ、痛いのぉ》

どうやら男は、女の尻を叩いているらしい。おそらく、バックスタイルで貫きながら。

軽いスパンキング程度なら、ごく普通のプレイと見なしてもいいだろう。源太とて、そのぐらいは元カノとの行為でしたことがある。もちろん、痛くないように加減してであるが。

ところが、隣室にいる男は、少しも遠慮がないと見える。パンパンと、連続して臀部を打っているようだ。

《イヤッ、イヤッ、やめてぇっ！》

悲鳴がいよいよ差し迫ったものになる。

《ダメよ。やめてあげて》

花帆も懇願する。しかし、痛がる声はやむことがなかった。

源太は激しく狼狽した。明らかにプレイの範疇を超えている。これは助けるべきではないのか。

しかしながら、隣にいる男がどんなやつかはわからない。時おり《おらっ》などと声が聞こえるし、女性がふたりいても怯まないのは、かなりヤバい人間かもしれない。

仕事でもパソコンと向き合うばかりの源太は、腕っ節にはてんで自信がない。殴りかかってこられたら太刀打ちできず、ボコボコにされるのが落ちだろう。

それでも、危険に晒されている隣人から目を背けられるほど、薄情者ではなかった。

（そうだよ……おれがやられているあいだに、花帆さんたちが逃げられればいいじゃないか）

我が身を犠牲にと思っても、なかなか一歩が踏み出せない。

その間にも、隣の暴力行為はエスカレートしているようだ。女性の悲鳴と、花帆のすすり泣きが聞こえる。いずれ男は、彼女にも手を出すであろう。

そのとき、

《うりゃっ》

男の力強い声に続いて、壁に何かがドンと当たる。振動がこちらにも伝わって、源太は心臓が停まるかと思った。

けれど、そのおかげではずみがつく。

（助けなくちゃ——）

ブリーフとズボンを急いで引っ張り上げると、源太は脱兎のごとく部屋を飛び出した。

2

とにかく緊急事態である。中の狼藉者に、誰かが止めに来たとわからせねばならない。

源太はチャイムをピンポンピンポンと連打し、ドアも強めにノックした。

「だいじょうぶですか!?」

声をかけると、少しだけ間があったあと、パタパタとこちらにやって来る足音がした。

ドアが開く。顔を覗かせたのは隣の奥さん、花帆であった。

「あ——」

声をかけようとして固まったのは、落合家の中がやけに静かだったからだ。しかも、３Ｐをしていたはずの彼女は、清楚なブラウスに花柄のスカートと、ちゃんと服を着ていたのである。

ただ、セミロングの髪は、幾ぶん乱れていたけれど。

「……あの、何か?」

どこかオドオドした態度の人妻に訊(たず)ねられ、「あ、ええと」と戸惑う。

「いや、何かお困りのご様子だったもので」

「お困り?」

「男性に暴力を振るわれていたような声が聞こえたんですけど」

告げるなり、花帆があからさまにうろたえた。

「い、いえ、べつにそんなことは――」

頬を赤らめ、目を落ち着かなく泳がせる。その視線がこちらに向けられるなり、驚愕したふうに見開かれた。

(え?)

何事かと、彼女の視線を追った源太は、己の下半身を見て顔から火を噴きそうになった。

(しまった!)

ちゃんとブリーフを穿き、ズボンも引き上げたのである。ところが、ファスナーを上げ忘れていたため、そこから水色のテントがはみ出していたのだ。

薄手の布には、肉茎の武骨な形状が浮かび上がっている。なんと、源太は未だに勃起したままであった。

「こ、これは違うんです」

訳のわからない弁明をし、源太は焦ってファスナーを上げた。だが、はみ出していた布を嚙んでしまい、手こずる羽目に陥る。

おかげで、隣の人妻に、昂奮状態の証をばっちりと目撃されてしまった。

(……まったく、何をやってるんだよ)

みっともないところを見られて、激しく落ち込む。情けなくて、涙がこぼれそうになった。

すっかり打ちひしがれた源太に、花帆のほうは余裕を取り戻したらしい。

「とにかく、お入りください」

中に招かれて、素直に従う。恥を晒したショックで、他にどうするすべもなかったのだ。

通されたのはリビングだった。ドアからの距離を考えるに、さっきはここで激しいプレイが繰り広げられていたはず。

しかし、誰の姿もない。

源太の部屋がある側の壁には、ソファーがある。その向かいにあるのは、大画面のテレビであった。両側に縦長のスピーカーが設置され、臨場感のあるサウンドが楽しめそうだ。

いや、そんなことはこの際どうでもいい。

(どうなってるんだ、いったい……)

狐に抓(つま)まれたとはこのことだ。茫然と立ち尽くす源太を横目で見ながら、花帆が手にしたのはテレビのリモコンであった。

そして、電源が入れられる。

『いゃぁああっ！』

盛大な悲鳴がスピーカーから響き渡ったものだから、源太は仰天した。

「うわっ」

思わず声を上げた次の瞬間、画面に肌色の物体が映る。絡み合うそれは男と女で、肝腎なところはモザイクで見えなかった。

ともあれ、さっき聞こえていたのは、これだったのだ。

（いや、エロＤＶＤだったのかよ）

テレビ台に置かれたデッキが、再生マークを光らせていることに今さら気がついた。源太が来たから、テレビだけ電源をオフにしたらしい。

早合点だったのもさることながら、これをライブと勘違いし、オナニーをしたことが居たたまれない。四十歳にもなって何をやっているのかと、穴があったら入りたい気分だった。

（あれ、待てよ？）

ふと思い出す。さっき、花帆の声も聞こえていたことを。それも、一緒になって感じているような、いやらしいトーンのものだった。

そのことを確認する前に、彼女がテレビを消す。やけに冷たい目で源太を見据えた。

「保科さんは、これをわたしの声だと勘違いされたんですね？」

「あ——いえ、あの」

「ひょっとして、壁に耳を当てて聞いてらしたんですか？」

事実だったから、何も言えなくなる。それでますます、隣の人妻は調子づいたらしかった。

「何をなさってたんですか？」

「え？」

「今の声をわたしの声だと思って、何をしていたんですか？」

真っ昼間からアダルトＤＶＤを視聴していたことを棚に上げ、彼女が悪びれもせず詰め寄ってくる。それも、咎(とが)める眼差しで。

（おれがオナニーをしてたって、わかってるんだな）

ズボンの前が開き、欲情のテントが飛び出したところを見られてしまったのである。そのあとでは、どんな弁明も通用しまい。

そして、恥ずかしい行為に耽っていたと知ったからこそ、花帆はここぞとばかりに攻めの態勢を取っているのだ。

ついさっきまで、源太は彼女のお相手を務めたいと思っていた。けれど、こんなふうに上から目線で食ってかかられると、可愛さ余って憎さ百倍、悔しくてたまらない。

どうにか反撃できないかと、唇を嚙み締めて俯いたとき、それが目に入った。

（あれ、これは――）

ソファーの前に落ちていたのは、ベージュの薄物だ。ひと目で女性物の下着だとわかった。

おかげで、すべての謎が解けた。

「そういう花帆さんも、さっきのビデオを見ながら、ひとりでいやらしいことをしていたんですね」

問いかけではなく、断定の口調で逆襲すると、人妻が怯む。

「な、何をおっしゃってるんですか？」

「これが証拠です」

素早く拾いあげたパンティを目の前に突き出すと、花帆の顔色が変わった。

「か、返して！」

咄嗟にのばされた手をよけて確認すれば、クロッチの裏地に、いかにも粘っこそうな液体がべっとりと付着していた。

「ほら、こんなに濡らしてるじゃないですか。昂奮して、我慢できなくなって、パンティを脱いだんでしょう」

「違います。よ、汚れたから、お洗濯をしようと」

「それに、おれは花帆さんの声を聞きました。最初は、三人でしているのかと思ったんですけど、あれはビデオの世界に入り込んで、自分もいっしょになって愉しんでいたんですね」

「う……」

とうとう反論できなくなった人妻に、源太は決定的なことを告げた。

「おれは、壁に物が当たった音にびっくりして、暴力を振るわれたのかと思って来たんです。あれはソファーでオナニーをしてイッたときに、のけ反って頭をぶつけたんじゃないですか」

あくまでも推測であったが、どうやら図星だったと見える。花帆は観念したふうに肩を落とした。

（いや、マジでそうだったのかよ）

どうりで、髪が乱れていたはずだ。

「だけど、どうして昼間から、そんなことをしてたんですか？」

問いかけに、花帆はあっさりと理由を打ち明けた。恥ずかしい秘密を知られてしまい、自棄になったのかもしれない。

「だって、夜は主人がいますから、そんなことできるわけないじゃないですか。それに、保科さんもお仕事で留守だと思ってましたから」

お隣も不在だからと大胆になり、音量も上げて愉しんでいたのか。

「いや、おれは一カ月ぐらい前から、在宅で仕事をしてますけど」

教えると、彼女がまた狼狽をあらわにする。先週もアダルトＤＶＤを鑑賞していたのを、聞かれたのではないかと焦ったのだろう。

そのことは口には出さず、

「ていうか、夜は旦那さんとすればいいじゃないですか」

源太の指摘に、花帆が悔しそうに目を潤ませた。

「夫がちゃんとしてくれれば、わたしだって――」

密かに予想したとおり、夫婦生活から遠ざかっているらしい。熟れたボディを持て余し、満たされない欲求を孤独な快楽遊戯で発散していたのだ。そんな彼女に、憐憫の情を禁じ得ない。

「花帆さんって、おいくつなんですか？」

質問に、人妻は「三十六です」と、素直に答えた。どうでもいいと荒んだ心持ちになっているのが、表情から見て取れる。

そのため、ますます気の毒に思えてきた。

「だったら女盛りじゃないですか。男性を求めるのも無理ないですよ」

同情の言葉に、花帆は戸惑った様子であった。先になじった手前、責められるものと覚悟していたのか。

「ええ、まあ……」

気まずげにうなずいてから、何かに気がついたように首をかしげる。

「そう言えば、わたし、保科さんに名前を教えたことってありましたっけ？」

最初に住んでいたのは源太のほうで、落合夫婦はあとから入居したのである。そのときに挨拶をされたが、フルネームまでは教えられなかった。なのに、源太が下の名前で呼んだから、妙だと感じたらしい。

「以前、花帆さん宛のダイレクトメールが、ウチのポストに間違って入っていたことがあったんです。それに、旦那さんが名前を呼ぶのを、聞いたこともありますし」

説明に、彼女が納得した面持ちを見せる。それから、不満げに唇を歪めた。

「不公平だわ……」

「え、何がですか？」

「だって、保科さんはわたしのことをいろいろと知っているのに、わたしは何もわからないんですもの」

拗ねる眼差しがやけに色っぽくて、源太はどぎまぎした。

「いや……花帆さんの名前とかは偶然知っただけで、べつに調べたわけじゃないですから」

「でも、わたしも保科さんのこと、もっと知りたいわ」

甘える口調でねだり、人妻がにじり寄ってくる。源太は気圧(けお)されて後ずさり、ふくらはぎがソファーにぶつかった。

「わっ」

バランスを崩し、ソファーにどさっと坐り込んでしまう。

「うふ」

花帆が愉快そうに目を細める。少しも躊躇せず、源太の膝に跨がった。

（え、ちょっと――）

大胆な行動に狼狽しつつも、ヒップの柔らかな重みを膝で受け止めてうっとりする。彼女がノーパンであることも思い出して、胸が高鳴った。

もちろん、腰から下はスカートが覆っているから、何かが見えるというわけではないけれど。

「下のお名前は？」

覗き込むようにして訊ねられるなり、かぐわしい吐息が顔にふわっとかかる。

「げ、源太です。源に太いって書いて、源太」

「素敵なお名前ね。年は？」

「ちょうど四十です」

「あら、男のひとって、四十歳でもオナニーをするの？」

ストレートな単語を口にされ、ドキッとする。いい年をして、自分で欲望を処理しているのを揶揄された気がして、屈辱も覚えた。

「それは……仕方ないですよ。相手がいないんですから」

正直に答え、ますます情けなくなる。そんなふうだから、お隣の色めいた声を盗み聞きするのだと、自己嫌悪にもかられた。

(ていうか、花帆さんだってオナニーをしてたんじゃないか)

年だって四つしか違わないのだ。自分だけが責められる筋合いはない。

思ったものの、彼女はべつに責めるつもりも、嘲るつもりもなかったらしい。

「だったら、わたしに言ってくださればいいのに」

淫蕩な笑みを浮かべた花帆が、手を下半身へと移動させる。源太の腿の付け根あたりを、すりすりと撫でた。

「うう」

たまらず呻き、腰をわななかせる。股間をさわられたわけでもないのに、妙に感じてしまったのだ。

そのため、海綿体に血液が殺到する。分身がムクムクと膨張するのを、どうすることもできなかった。

「あら、どうかしたんですか?」

素知らぬフリで訊ねた人妻の手が、中心部分に接近する。ところが、寸前で方向を変え、そこを避けたのだ。明らかに焦らすつもりなのである。

おかげで、ペニスが期待にまみれる。待ちきれないとばかりに、たちまち硬化した。

ズボンの前が隆起して、欲望をあからさまにする。当然ながら、花帆にも丸わかりであったろう。

「もう勃っちゃったの？」

からかう口振りで言われても、もはや恥ずかしさはない。わかっているならどうにかしてくれという思いが勝っていた。

その気持ちを訴えるべく、イチモツに漲（みなぎ）りを送り込む。ズボンの上からでも、脈打ちがわかるほどに。

「あん、すごい」

牡の逞（たくま）しさを見せつけられ、彼女もその気になったようだ。高まりに手をかぶせ、指を折って握り込む。

「むふぅ」

目のくらむ快感に、源太は太い鼻息をこぼした。

直に握られたわけでもないのに、身をよじりたくなるほど気持ちがいい。風俗の類いは利用したことがなく、女性に施しを受けるのは、ずいぶんと久しぶりだった。

「すごく硬いわ」

花帆が目を見開き、驚きをあらわにする。全体像を確かめるように手指を動かし、強めに握った。

それにより、悦びがふくれあがる。

「ウチの夫はわたしと同い年なのに、源太さんみたいに硬くならないわよ」

四つも年上なのにどうしてと、訝る眼差しを向けられる。こういうことから遠ざかっていたために昂奮したとは、さすがに言えない。

「そりゃ……花帆さんが魅力的だから元気になったんですよ」

決しておだてたわけではない。人妻の大胆な振る舞いに、心を鷲摑みにされていたのは事実なのだ。

「本当かしら？」

疑うように眉根を寄せながらも、頬がほんのり赤らんでいる。褒められて、満更でもなさそうだ。

そして、お礼のつもりでもないのだろうが、ズボン越しに強ばりをこすってくれた。

「あ、あっ」

源太は息をはずませ、身をよじった。

一方的に愛撫されるのは心苦しいし、間が持たない。それに、ここまでされているのだから、こっちも手を出してかまわないはずだ。

花柄のスカートの裾をめくり、源太は中に手を差し入れた。なめらかな太腿を撫でると、むちむちしたお肉の弾力が悩ましい。

「あん」

花帆が喘ぎ、艶腰を震わせる。彼女も昂っているのだ。

胸の高鳴りを覚えつつ、手を徐々に奥へと進める。秘苑に近づくにつれ、熱気が感じられた。

間もなく、指先に恥毛が絡みつく。

「あふ」

本体をさわっていないのに、花帆がうっとりした声を洩らす。かなり敏感になっているらしい。

「もう……いやらしいひとね」

熱っぽい口調で囁く人妻は、自らが先に、牡の高まりに触れたことを忘れたのだろうか。

そして、対抗するように源太のファスナーを下ろし、ズボンの前を開く。ブリーフの前をめくり下げられ、肉色の器官があらわになった。

（ああ、見られた）

いきり立つペニスを晒し、耳が熱くなる。羞恥を振り払うべく、指を女芯に這わせれば、窪地に粘っこい液体が溜まっていた。

「くうう」

花帆が呻きをこぼす。膝の上で、もっちりヒップがくねった。

「すごく濡れてますよ」

指を蠢かせながら報告すると、彼女は「イヤイヤ」と恥じらいながらも陽根を握った。

「くはっ」

不意を衝かれ、喘ぎの固まりが喉から飛び出す。ズボン越しとは比べものにならない快さを与えられ、源太はたまらずのけ反った。

「なによ、源太さんだって」

柔らかな指が、鈴口をこする。

「ほら、こんなにお汁が出てるじゃない」

そこがヌルヌルとすべるのは、源太にもわかった。敏感な粘膜を刺激され、くすぐったさを強烈にした気持ちよさが生じる。

(ああ、もっと)

疼く肉器官を、ゴシゴシとこすってもらいたい。昇りつめて、ザーメンを思いっきりほとばしらせたい。

高まる欲求に、頭がおかしくなりそうだ。なのに、この体勢ではもどかしいばかりである。膝に乗られているから動けないし、ブリーフも前がめくられているだけで、しっかりしごいてもらえない。

「ねえ、脱ぎませんか」

提案すると、花帆はすぐさま腰を浮かせた。どうやら同じことを考えていたらしい。

スカートがはらりと落とされ、女らしい下半身があらわになる。色白の肌は成熟した色香をぷんぷんと放ち、誘い込まれて飛びかかりたくなった。

(いや、落ち着け)

逸る気持ちを抑え込み、源太もズボンとブリーフをまとめて脱ぎおろした。同じく下だけすっぽんぽんになる。

これで準備万端整ったと、鼻息を荒ぶらせる。股間の愚息もはしゃぎまくり、幾度も反り返って下腹をぺちぺちと打ち鳴らした。

（いや、さすがに昂奮しすぎだろ）

我ながらあきれる。まるで発情期のケモノだ。

こんな状態で愛撫されたら、たちまち昇りつめてしまうだろう。射精してスッキリしたいのは確かながら、それでは花帆が置いてきぼりを食い、気分を害するに違いない。

ならば、先に彼女をイカせてあげればいい。

「ここに寝てください」

ソファーに横になるよう指示すると、花帆は期待に満ちた面差しで従った。

もしかしたら、すぐにでも挿入されると思ったのかもしれない。さっきまでオナニーをしていたのであり、肉体のほうは受け入れ態勢ができていたようだ。

しかしながら、このまま交わったら、源太のほうは高速で頂上に至る可能性が大である。失望させるのは目に見えている。

膝を立てて開いた脚のあいだに、源太は屈み込んだ。

（おお、すごい）

秘毛が逆立ち、炎のごとく萌え盛っている。処理などしていないのか、伸び放題という風情だ。範囲も広そうである。

そのため、華芯の佇まいがよくわからない。中心に肉色の花びらがわずかに覗き、愛液が蛍光灯に反射してきらめくのみ。

「え、何をするの？」

熟女が戸惑ったふうに訊ねる。目許が朱に染まっていた。秘められたところを見られて、さすがに恥ずかしいようだ。

「先に花帆さんを気持ちよくしてあげます」

「ちょ、ちょっと待って」

焦りを浮かべて腰をよじったのは、何をされるのか察したからであろう。逃げられる前にと、源太は急いで女陰部に顔を埋めた。

「キャッ、ダメっ」

悲鳴が聞こえたときには、源太は濃密なかぐわしさの中にいた。むせ返りそうになりながらも、湿地帯にこもるものを深々と吸い込む。

（ああ、すごい）

最初は、酸味の強いヨーグルトに似ていると思った。けれど、そればかりではない。海産物っぽい生々しさや、大豆の発酵食品を連想させる成分も含まれていた。

総じて、かなりケモノっぽいフレグランスと言える。なのに、こんなにも心惹かれるのはなぜだろう。

「ダメダメ、そこ、よ、汚れてるのぉ」

花帆が嘆き、艶腰をくねくねさせる。

アダルトＤＶＤで昂奮し、火照った女芯は淫蜜をたっぷりとこぼしていた。そればかりか、自慰にも耽ったのである。その部分があからさまな女くささを放っているのと、自覚しているのだろう。

もっとも、それゆえに男を昂らせるとまでは、わかっていないらしい。

源太とて、ここまで荒々しい女臭を嗅いだことはなかった。かつて付き合った異性との行為では、だいたい事前にシャワーを浴びたからだ。

若い頃は、ところかまわず求めたこともあった。けれど、そういうときは、そもそもクンニリングスなどしなかった。とにかく挿入したかったし、女性を舐めて歓ばせる余裕ができたのは、もっとあとになってからである。

（なんて素敵な匂いなんだ）

四十歳にして、女性の新たな魅力を知り、源太は有頂天であった。フンフンと鼻を鳴らして媚薫を吸い込み、劣情を沸き立たせながら舌を出す。

「はひッ」

人妻が鋭い声を発し、腰をガクンとはずませた。湿ったところを軽く舐めただけなのに。

(やっぱり敏感になってるんだな)

これはいいと、ほんのり塩気の感じられるところを抉るようにねぶる。

「ああ、あ、ダメぇ」

花帆がいっそう色めいた声を上げ、熟れたボディを悶えさせた。

「うう、汚れてるのに……く、くさいのに」

洗っていない性器の有り様が気になるのだ。それでも、女体は確実に悦びを得ているのが窺える。

その証拠に、両膝が休みなく曲げ伸ばしされ、内腿がピクピクと痙攣する。間もなく、彼女は切なげによがりだした。

「あふ、あ、あああ、イヤぁ」

秘華をせわしなくすぼめ、内側をかき回す舌を挟み込もうとする。

悦楽の反応を得て、源太は俄然張り切った。是非とも昇りつめるところを目にしたいと、敏感な秘核を狙って舌を律動させる。

「きゃふッ！」

狙いがどんぴしゃりで、嬌声がほとばしる。脂ののった下腹がヒクヒクと波打った。

「そ、そこダメぇ」

弱点であることを白状し、花帆がすすり泣く。もはや快感に抗えない様子で、ソファーの上で休みなくヒップをくねらせた。

（ああ、美味しい）

滲む蜜汁を舐め取られ、代わりに唾液を塗り込められた恥苑が、猥雑な匂いを放ち出す。熱を帯びて、新たなフェロモンも分泌しているようだ。

貪欲に鼻を鳴らせば、恥毛の狭間にオシッコの残り香を発見する。それにも昂奮を高められ、クンニリングスがねちっこくなった。

「イヤイヤ、あ、ううう」

喘ぎ声もいっそう色めいて、彼女がかなりのところまで高まっているのが窺える。オナニーをしたあとで、体内に悦びの残り火が燻っていたから、容易に上昇しやすかったのではないか。

ならば、もっと感じさせたい。

「し、しないで……おかしくなっちゃう」

懇願されても、もちろんやめるつもりはない。むしろ、おかしくなってくれとばかりに、クリトリスを攻めまくった。

「あぁっ、だ、ダメえええぇっ！」

電撃でも喰らったみたいに下半身をバウンドさせて、花帆が歓喜の叫びを高らかに放つ。背中を弓なりにして浮かせ、

「うう、うっ」

と呻いたのちに、がっくりと脱力した。

(イッたんだ)

ひと仕事終えた気分で、源太は女芯から口をはずした。

さんざんねぶられたそこは、濡れた恥毛がべったりと張りつき、淫らな様相をあからさまにする。狭間に覗く皮膚は赤らんで、花びらも腫れぼったくふくらんでいた。

ソファーにしどけなく横たわり、オルガスムスの余韻にひたる人妻は、目眩を覚えるほどに色っぽい。下半身のみを脱いだ格好もエロチックで、股間の分身が

早く入りたいとせがむように脈打った。

3

（……挿れてもいいかな？）

息吹くように収縮する女芯を目の当たりにし、切望がこみ上げる。花帆とひとつになりたい。濡れ窟にペニスをぶち込み、思い切りピストンがしたい。中はきっとヌルヌルで温かくて、気持ちよく射精できるだろう。

そんなことを考えたら、ますますたまらなくなった。

（ちょっとぐらいならいいよな）

下を脱いで横になったとき、彼女は受け入れる覚悟ができていたかに見えた。クンニリングスに抵抗したのも、早く挿入してほしかったためかもしれない。だったらかまわないだろうと、源太は膝を離した正座の姿勢で進んだ。花帆がぐったりしているのをいいことに、折り曲げた両膝を掲げさせる。

艶腰を脚に挟んで見おろせば、屹立のすぐ前に女芯がある。そこからたち昇るのは、熱気を含んだ淫臭だ。彼女は未だ瞼を閉じたままながら、肉体は男を求めているに違いない。

肉槍を前に傾け、恥叢(ちそう)の狭間を穂先でなぞる。裂け目に滲んでいたラブジュースが、クチュクチュと粘っこい音を立てた。

「ん……」

花帆が小さく呻き、薄目を開く。何が起こっているのか、まだわからないという顔つきだ。

それでも、源太と視線が合ったことで、察するものがあったらしい。

「……挿れるの？」

亀頭が触れているとわかったのか、その部分がキュッとすぼまった。

「う、うん」

拒まれるのかとドキドキしていると、彼女が諦めたふうにため息をついた。

「いいわよ。挿れて」

そう言って、また目をつぶる。突き放された気がして、源太はためらった。

けれど、頬が紅潮し、恥割れも物欲しげに収縮しているのを感じて、そうではないと悟る。

（花帆さんも挿れてほしいんだ）

好きにしなさいという態度は、照れ隠しなのだ。ならばお望みどおりにと、源太は腰を前に送った。

ぬるん——。

強ばりは抵抗を受けることなく、蜜穴に呑み込まれた。それだけ潤っていた証拠である。

「あふン」

花帆が白い喉を見せて喘ぐ。裸の下肢が細かく震えた。

（ああ、入った）

すんなり侵入できたわりに、内部の締めつけが快い。柔ヒダがまといつく感じもたまらなかった。

さらなる悦びを求め、突きまくりたい衝動に駆られる。だが、それはもったいない。蜜穴の具合を、もっとじっくり味わいたかった。

源太はそろそろと腰を引き、同じ速度で戻した。

「ううん」

悩ましげに眉根を寄せた人妻が、頭を左右に振る。もっと激しくしてと、無言で訴えるかのごとくに。

それを無視して、源太はスローな抽送を続けた。

ぬぷ――クチュ……。

結合部が卑猥な粘つきをこぼす。内部の粒立ったヒダを、くびれの段差が掘り起こすために、そんな音が立つようだ。

「あ、あん、んうぅ」

花帆が呻く。快感を得ている様子ながら、どこか焦れったそうである。もっと速く動いてほしいのだろう。

源太とて、そうしたい気持ちは山々である。膣内の佇まいはよくわかったから、今度は悦びを得ることに徹したかった。

だが、疼く分身を持て余し、我慢できずに挿入したのである。その前に彼女をクンニリングスで絶頂させ、かなり昂奮した。

そのため、へたに動いたら爆発する恐れがあった。

緩やかな出し挿れを続けていれば、そのうち余裕を取り戻せるだろう。そう思っていたのに、性感曲線は上向くばかりだ。花帆の中が、それだけ心地よいのである。

(うう、まずい)

このままでは、時間をかけずに爆発してしまう。

「ねえ、もっとズンズン突いて」

とうとう彼女にせがまれる。万事休すだ。

ここは恥を忍んで、正直に打ち明けるしかない。源太は情けなさにまみれつつも、自身の状態を伝えた。

「そんなことをしたら、すぐに出ちゃうよ」

「え、もう？」

驚きと落胆の混じった顔を見せられ、居たたまれなくなる。

「だって……花帆さんの中が、すごく気持ちよくって」

責任を転嫁すると、人妻がうろたえて目を泳がせる。

「そ、そんなこと——」

具合のよさを褒められて、満更でもなかったらしい。それ以上、源太を責めようとはしなかった。

そして、ちょっとだけ迷いを浮かべたあと、

「いいわ」

と、恥じらいを含んだ眼差しで告げる。

「え、何が？」

「好きに動いていいわ。よくなったら、中でイッちゃっても」

「いや、だけど」

「もうすぐ生理だし、赤ちゃんならだいじょうぶ」

そこまで具体的に言われたら、従わざるを得ない。すると、花帆が弁明するみたいに、

「生理前だから、ムラムラしちゃったのよ……」

つぶやくように言う。オナニーをしたのは、月のモノのせいだと主張したいようだ。

そればかりが理由でないことを、源太は知っている。先週も、隣室の喘ぎ声を耳にしたのだから。あれもアダルトビデオだったのだろうが、彼女は今日のようにオナニーをしたはずだ。

その件には触れずにおいて、

「じゃあ、お言葉に甘えて」

源太は腰の動きをスピードアップさせた。

「あ、あああっ、か、感じる」

花帆が乱れる。焦れていたぶん、一気に高まったふうだ。

上昇したのは源太も一緒だった。彼女の内部がいっそう熱くなり、締めつけが強まったのである。

「ううう」

こぼれる呻きを抑えられない。息が荒ぶり、目の奥で快美の火花が散った。

（よすぎるよ……）

すぐにでもほとばしらせたい欲求が、際限なくふくれあがる。中出ししてもいいと、許可ももらっていた。

それでも、源太は懸命に堪えた。やはり男として、女性を歓ばせなければならないと思ったのである。

ところが、

「ああ、あ、あん、いい、もっとぉ」

派手なよがり声を耳にして、いよいよたまらなくなる。

（ええい、我慢しろ）

気を逸らすべく、掛け算の九九を一の段から唱える。もちろん声には出さず、心の中で。

これは初めての試みであったが、意外と効果があった。腰づかいにもリズムが生まれ、それが人妻を歓喜へ誘ったようだ。

「う――あうう、き、気持ちいいっ」

より深いところで感じているふうな反応に、源太はいくらか余裕を取り戻した。自分のやり方が間違っていないとわかり、安心したためなのか。

そして、五の段を終えたところで、花帆の息づかいが激しくなった。

「あ、あふっ、い、イキそう」

下腹が上下し、咥え込んだ牡根をキュウキュウと締めあげる。さすがに源太も限界であった。

「お、おれも――ううぅっ」

「いいわ、出してっ。ああ、あ、イクッ、イクッ」

杭打たれた女体が反り返り、「あ、あっ」と焦ったような声を上げた直後、

「イッちゃうぅ」

アクメ声を放ち、花帆が達する。続いて、

「うう、で、出る」

源太も太い鼻息をこぼし、オルガスムスを迎えた。蕩ける愉悦に巻かれて、白

濁のエキスを勢いよく放つ。

びゅるンッ――。

尿道を熱い固まりが通り抜けた瞬間、頭の中が真っ白になった。

「うあ、あ、くううう」

あとは本能のままに腰を振り、ありったけの熱情を膣奥に注ぎ込む。

(最高だ……)

約十年ぶりとなるセックスは、感動と快感が著しい。女性の中で射精するのはこんなにも快いのかと、初めて知った気がした。

最後の一滴が溢れるまで、源太は浅ましくピストンを続けた。途中で止めるなんてもったいない、心ゆくまで悦びを味わいたかったのだ。

花帆がぐったりして手足を投げ出す。源太も気怠い余韻にまみれて停止し、深く息をついた。

(気持ちよかった……)

蜜穴が名残を惜しむようにすぼまる。力を失った分身が、押し出されるみたいに女芯からこぼれ落ちた。

(あ、まずい)

焦ってティッシュを探したものの、近くにはない。うろたえるあいだにも中出ししたザーメンが膣から溢れ、ソファーに滴った。

(うう、いやらしすぎる)

卑猥な光景に、源太は萎えた秘茎をヒクリと脈打たせた。

4

ふたりは下半身すっぽんぽんのまま、バスルームへ向かった。

独り住まいの源太のところは、ユニットバスである。だが、リビング以外に二部屋と、ダイニングキッチンもある落合家は、浴室とトイレが別であった。

お隣同士なのに、どうしてこんなに差があるのか。不満を覚えた源太であったが、部屋数が増えれば当然家賃も上がるわけである。収入だって、花帆の夫のほうがずっと多いのだろう。

(そのぐらい稼がないと、結婚できないのかな……)

軽く落ち込み、妬ましさも募る。

おかげで、奥さんを寝取ったことに罪悪感を覚えずに済んだ。むしろ、いくらか気が晴れたぐらいだ。

脱衣所で、花帆は少しもためらわず全裸になった。交わったあとであり、今さら恥ずかしがる必要はなかったのだろう。

手に余りそうなボリュームの乳房は、重みのためか少し垂れていた。それが熟れた風情を漂わせ、やけに色っぽい。

思わず凝視してしまったところ、

「エッチ」

と、艶を帯びた目つきでなじられてしまった。

「ああ、ごめん」

源太も急いでシャツを脱ぎ、これ見よがしにぷりぷりとはずむヒップを追いかけて浴室に入った。中はそれほど広くないが、ふたりでいても窮屈だと感じることはない。

もともと世話好きなのか、花帆が奉仕を買って出る。シャワーで源太の汗を流したあと、ボディソープを手に取って泡立て、肌を直に撫でた。

（ここまでしてくれるなんて——）

くすぐったい快さにうっとりしていると、しなやかな指が股間のイチモツを捉える。

「あうう」

軟らかな器官を揉むように清められ、源太は呻いた。快感に膝が笑い、その場に坐り込みそうになる。

「気持ちいい？」

楽しげに質問され、壊れた人形みたいにガクガクとうなずく。

彼女は陰嚢（いんのう）も手の中で転がし、腿の付け根の蒸れがちなところも、指でこすってくれた。至れり尽くせりの施しに、源太は感激せずにいられなかった。

気持ちよさにうっとりして、海綿体に血液が舞い戻る。膨張したペニスが、水平近くまで持ちあがった。

「後ろを向いてちょうだい」

言われて、回れ右をする。背中を流すのだと思った。

（もうちょっとチンポを洗ってほしかったな）

未練はあったものの、我が儘（わがまま）を言える立場ではない。

「前屈みになってもらえる？」

「え？　あ、うん」

背中じゃないのかなと、首をかしげつつ従う。すると、臀部をすりすりと撫でられた。

「うひッ」

たまらず妙な声をあげてしまう。くすぐったくて、背中がゾクッとしたのだ。ただくすぐったいばかりではなかった。鼠蹊部のあたりがムズムズする、あやしい悦びも生じたのである。

さらに、悪戯な指が尻の谷に侵入する。

「ああ」

源太は声を上げて身悶えた。

割れ目の中は、普段ぴったりと閉じているから敏感だ。まして他人にさわられたら、とてももじっとしていられない。

おまけに、肛門までヌルヌルとこすられたのである。

（いけないよ、こんなの……）

背徳感と申し訳なさがふくれあがる。そのくせ、もっとしてもらいたくて、源太は前屈みのポーズを保った。脚を開き、よりさわりやすいようにする。

気がつくと、花帆が真後ろに跪いていた。

「おしりの穴がヒクヒクしてるわよ。ひょっとして感じてるの？」

含み笑いの問いかけにも、そのとおりだから何も答えられない。下唇を噛み締め、辱めに耐えるのみだ。

「ああっ」

たまらず声を上げたのは、股ぐらから差し入れられた手が、ペニスを握ったからである。

「あら、もう勃起してたのね」

言われて、その部分が硬化し、反り返っていたことに気づかされる。ゆるゆるとしごかれて、海綿体が限界まで漲った。

「すごいわ。さっき、オマ×コの中にいっぱい出したのに、もうこんなになるなんて」

禁断の四文字を口にされ、ますますうろたえる。今日、親しくなったばかりの人妻が、際限なく淫らになっている気がした。

もしかしたら、このまま射精まで導かれるのだろうか。あやしいときめきを覚えたものの、さすがにそうはならなかった。

花帆は愛撫の手をはずすと、シャワーノズルを取った。お湯をかけ、尻割れや股間を彩る泡を流す。

（もうちょっとしてもらってもよかったな）

アヌスがまだムズムズしている。ペニスもまだ足りないとばかりに反り返り、下腹にへばりついた。

しかし、ちゃんと続きがあったのである。

「ねえ、浴槽の縁に摑まって」

「あ、うん」

前屈みをキープしたまま、言われたとおりにする。すると、尻の谷間にナマ温かな風が当たった。

（え、まさか――）

危ぶんだ直後に、排泄口をヌルッとこすられる。今度は指ではないと、すぐにわかった。

「むはッ！」

喘ぎの固まりを吐き出し、源太は下半身をわななかせた。

（嘘だろ……）

閉じたツボミをチロチロとくすぐられる。彼女が舌を這わせているのだ。

「だ、駄目だって」

息を荒ぶらせながら声をかけても、無視してねぶられ続ける。むしろ、舌づかいがいっそう派手になった。

再び肉根を握られる。ボディソープを手に取ったらしく、すべる指でぬちぬちとこすられた。

「あ、あ、あ、ううう」

快楽二点責めに目がくらむ。膝が震え、坐り込みそうになった。

事前に浴槽に摑まらせたのは、このためだったのか。ナイスな判断だと思いつつ、疑問も湧いてくる。

(ひょっとして、旦那さんにもこんなことをしてあげたんだろうか……)

そのときに、すぐにへたり込んでしまったため、対処方法を考えたのだとか。

だが、夫はあまり抱いてくれないようなことを言っていた。いくらサービスしてもその気にならないのなら、昼間っからアダルトビデオを鑑賞し、オナニーに耽るのも納得できる。

それに、源太の尻穴を悪戯しているのは、洗っていない性器に口をつけられた仕返しかもしれない。結果的に絶頂に至り、そのあとのセックスでも昇りつめたけれど、恥ずかしかったのを根に持っていた可能性がある。だから淫靡な愛撫で牡を翻弄し、溜飲を下げるつもりなのだとか。

だとすれば、ここは好きにさせてあげるべきだろう。居たたまれない事実ながら、それよりは悦びを求める気持ちが勝っていた。

そのとき、

「おほっ」

新たな快感に、源太はのけ反って喘いだ。人妻の舌が会陰を辿り、牡の急所へ至ったのである。

(ああ、そっちもいい)

細かく振動する舌が、すべてのシワをなぞるように移動する。くすぐったい快さに、肛門がせわしなくすぼまった。

チュッ、ちゅぱッ——。

舐めるばかりでなく、キスも浴びせられる。吸われる刺激もたまらなくて、腰がガクンと跳ねた。

しかしながら、ねちっこい施しを享受してばかりもいられない。秘茎もしごかれていたから、性感が急角度で上昇する。このままでは、遠からずほとばしらせてしまうだろう。

（おれも、花帆さんのおしりの穴を舐めたい）

恥じらいと歓喜に、成熟したボディが悶える様を目にしたい。そもそも、こんなことをするのは、彼女のほうもされたい気持ちがあるからではないのか。

「花帆さん。おれにもお返しをさせてよ」

声を震わせて告げると、陰嚢の唇がはずされた。

「え、お返し？」

「おれも、花帆さんのを舐めてあげるから」

どこをと口にせずとも、おそらくわかったのではないか。

「わ、わたしは――」

花帆がためらう。内心では求めていたにせよ、やはり恥ずかしいのであろう。

彼女の迷いを払拭させるために、源太はからだを真っ直ぐにした。回れ右をすると、逞しく反り返る肉茎が人妻の眼前に晒される。

泡を付着させたそれは、摩擦されて赤みを帯びていた。生々しい眺めに気圧されたのか、花帆が目を大きく見開く。

「それじゃ、交代しよう」

源太の言葉に、人妻がハッとして身じろぎをする。焦りをあらわにシャワーノズルを手にすると、秘苑を急いで清めた。浴室に入ってから男の世話をするばかりで、自分のほうはまったく洗っていなかったのだ。

「ほら、立って」

促されて、花帆が立ちあがる。腰を折り、浴槽の縁に両手をかけた。源太にそうさせたのと同じように。

「ああん」

彼女が丸みをくねらせて嘆く。たわわなヒップを突き出す姿勢をとっておきながら、今さら恥ずかしくなったらしい。

彼女の真後ろに膝をついた源太は、豊かに張り出した双丘に圧倒された。

(うわ、すごい)

巨大なチーズボールをふたつ並べたみたいな、美味しそうな熟女尻。思わずかぶりつきたくなる。太腿の付け根部分だけ、濡れた肌がわずかにくすんでいるのもエロチックだ。

もっといやらしいところを観察するべく、もっちりしたお肉に両手をかけ、深いクレバスをくつろげる。

谷底にひそんでいたのは、セピア色の可憐な小花。恥叢が濃かったからもしやと予想したとおり、短めの毛がまばらに取り囲んでいた。

(花帆さんのおしりの穴だ――)

愛らしくも卑猥な光景に、胸が高鳴る。残念なのは、付着していたであろう素敵な匂いが流されてしまったことだ。

それでも、たまらなく惹かれるのは間違いない。どんな反応をするのかとわくわくしながら、源太は尻割れに鼻面を突っ込んだ。

「あひっ」

放射状のシワをひと舐めしただけで、鋭い声がほとばしる。豊臀がガクンとはずみ、源太の鼻を挟み込んだ。

(けっこう敏感だぞ)

やはり自分がされたかったから、先にアナル舐めをしたのではないか。お返ししてもらえることを期待して。

きっとそうだと確信し、願いを叶えるべく舌を律動させる。

「あ、あ、イヤぁ」

しないでというふうに尻をくねらせながらも、秘肛は物欲しげに収縮する。尖らせた舌先で中心をほじるようにすると、「くううッ」っと切なげに呻いた。

「うう、へ、ヘンタイぃ」

先に舐めたのはそっちなのに、変態とは失礼だ。お仕置きのつもりで執拗にねぶれば、花帆が「イヤイヤ」と悶える。

「そ、そんなにしないで。ヘンになっちゃう」

だったら変になればいい。源太は舌をツボミに突き立てた。

「ば――バカバカ、イヤぁ」

括約筋が抵抗し、キツくすぼまる。それでも、しつこく責め立てると、わずかに戸口を開いた。

「くううっ」

花帆が呻く。侵入を拒み、懸命に抗っているのがわかった。もしかしたら、オナラが出そうなのかもしれない。

ならば、別の悦びを与えてあげようと、唇を恥芯へ移動させる。粘っこい蜜が溜まっていたので、ぢゅぢゅッと音をたててすすると、

「あはぁっ!」

ひときわ大きな声が浴室に反響した。熟れた尻肉もぷるぷるとはずむ。

(すごく敏感になってるぞ)

尻穴への刺激によって、性感が高まったのであろうか。

秘め園の内側は、粘膜が熱を帯びていた。愛液も甘みを増しているかに感じられる。

さっきペニスを挿入した膣に舌を挿れると、「おおおっ」とトーンの低いよがり声が聞こえた。

(クリトリスよりも、こっちのほうが感じるみたいだな)

舌を小刻みに出し挿れすると、狭い入り口がせわしなくすぼまった。

「う、あっ、あふっ、ふぅうううっ」

下肢を震わせ、歓喜に喘ぐ人妻。唾液に濡れたアヌスが、もっとしてとねだるみたいにヒクついた。

(なんていやらしいひとなんだ)

淫らな反応に煽られて、舌ピストンの速度があがる。より深く突き入れるようにすると、花帆がすすり泣いて乱れた。

「い、いいいっ、それ、もっとぉ」

はしたなく悦楽を求め、艶腰を悶えさせる。ならばと、顔面を尻に密着させ、鼻の頭で肛穴をこすりながら、舌を気ぜわしく抽送した。

「あうぅ、あ、くふふふぅ」

三十六歳の熟女が切なさをあらわにし、大臀筋をビクッ、ビクッとわななかせる。大きさも深さもものの足りないはずなのに、セックスに匹敵する快感を得ているかに見えた。

それでも、やはり逞しいモノで貫かれたくなったようである。

「ね、ねえ、クンニはもういいからぁ」

焦れったげな訴えを無視して、源太は秘芯ねぶりを続けた。蜜穴の舌をはずし、敏感な花の芽を吸い転がす。

「ひぃいいいっ！」

甲高い嬌声を放ち、花帆が身をくねらせた。

「ダメダメ、しないでぇ」

クリトリスも気持ちいいのだろうが、それよりも男根がほしいのだ。

「な、舐めないで、オチ×チンちょうだい」

正直に要求したにもかかわらず、源太は秘核を攻めまくった。もっとはしたないことを言わせるために。

こちらの意図がわかったのか、花帆が「い、意地悪ぅ」と、涙声でなじる。それでも、募る欲求には勝てなかったらしい。

「ああ、う、あああ」

身悶えて喘ぎ、息づかいをハッハッと荒くする。

「お願い……い、挿れて。オチ×チン、お――オマ×コに挿れてぇ！」

蜜芯をきゅむきゅむとすぼめて、彼女はとうとうあられもないおねだりを口にした。

そこまで言われたら、源太とて無視はできない。と言うより、彼自身も疼く己身を持て余していたのである。

ヌルヌルになった陰部から口をはずし、急いで立ちあがる。気配を察したらしく、花帆は腰を深く折り、ヒップを高く掲げた。脚も開き、牡を迎えるポーズを取る。

恥ずかしいところをあられもなく晒した人妻に、劣情がふくれあがる。源太は反り返る肉根を前に傾け、黒々とした秘毛の張りついた女芯を、赤くふくれた切っ先で探った。

「ああん」

花帆が嘆く。早くしてとせがむように、熟れ尻を左右に揺すった。

「挿れるよ」

短く告げ、源太は一気に腰を送った。

ぬぷり——。

剛直が狭い洞窟に吸い込まれる。

「あはぁッ！」

彼女が艶声を放ち、白い背中を弓なりに反らす。肩甲骨が浮きあがって、羽根みたいな影をこしらえた。

（入った——）

侵入した秘茎が、心地よい締めつけを浴びる。さっき、正常位で交わったときよりも、内部がキツい感じだ。

（うう、すごく締まってる）

柔ヒダがねっとりとまといつく感じもたまらない。

一度果てたあとだから、たやすく昇りつめることはないだろう。源太は最初から高速のピストンを繰り出した。

「あ、あ、ああっ」

花帆が裸身をわななかせる。尻割れがキュッと閉じて、膣内の締まりが強くなった。

これはいいとばかりに、快さにまみれて強ばりを抜き挿しする。

ぢゅぷ——クチュ……。

抉られる蜜穴が、卑猥な音をこぼす。内部がいっそう熱くなり、柔らかく蕩けてきた感じもあった。

それでいて、締めつけは顕著なままなのだ。

「ううう、い、いいのぉ」

よがり泣く熟女をバックスタイルで貫き、いやらしい声を上げさせる。下腹と臀部が勢いよくぶつかり、パンパンと湿った音を浴室内に反響させた。

下を見れば、逆ハート型のヒップの切れ込みに、濡れた肉色の棒が見え隠れする。筋張った胴体に白い濁りをまといつけたそれは、禍々しくも卑猥な眺めだ。

(ああ、おれ、花帆さんとセックスしてるんだ)

結合部を目撃することで、強く実感できる。快感も高まった。

あとはほしいままに突きまくり、成熟した女体を歓喜に漂わせる。ここまでの激しい交わりは、初めてかもしれない。アダルトビデオの男優になった気分を味わう。

源太は興に乗って、たわわな尻をパチンと叩いた。かつて付き合った恋人に、そうしたのを思い出して。

「ああん」

花帆が切なげに啼く。同時に、膣口がキュッとすぼまった。

(あれ、おしりを叩かれて感じたのかな?)

この反応は、恋人とのセックスではなかったものだ。

もう一度、少し強めにぶつと、彼女が「イヤイヤ」と声を上げる。嫌がっているのではなく、もっとしてとせがむような口調であった。

そう言えば、花帆がさっき視聴していたのは、男が女を責める内容のアダルトビデオだった。そのせいで、お隣で暴力が振るわれているのだと、源太は勘違いをしたのである。

あれは聞こえた音からして、尻を叩くプレイではなかったか。そうすると、花帆も同じことをされたかったのかもしれない。

だったらお望みのままにと、腰を振りながら右手を高く差し上げる。すると、熟れたボディにさざ波が生じた。

「ああ、あ、イクッ、イッちゃうぅ」

人妻がアクメに達する。艶腰をガクガクとはずませ、「う、ううッ」と極まった呻きをこぼした。

「ふはぁ――」

脱力した花帆が、膝を折って床に坐り込む。蜜窟に嵌まっていたペニスが抜け、勢いよく反り返って下腹をぺちりと打った。

浴槽にしなだれかかり、ハァハァと息をはずませる人妻を見おろし、源太は行き場をなくした右手をゆっくりと下ろした。

5

ふたりとも素っ裸のままリビングに戻る。源太は凜然となったままだったし、花帆のほうも満足しきっていない様子だ。

「花帆さんって、おしりを叩かれるのが好きなの？」

問いかけに、彼女はうろたえて目を泳がせた。

「ど、どうしてそんな――」

「だって、おれがおしりを叩いたら、すぐにイッちゃったし」

事実を指摘すると、人妻は泣きだしそうに顔を歪めた。

「……好きってわけじゃないわ。ただ、どんなふうなんだろうって、興味は持ってたけど」

「それって、いやらしいビデオを見て？」

「ええ……」

「だったら、もっとやってみようよ」

提案を、花帆は拒まなかった。目をあやしくきらめかせたから、大いにその気になったと見える。

もともとそんな趣味はなかったというのは、おそらく事実なのだろう。ただ、嬲られる行為に憧れを抱いたのは間違いあるまい。それこそ、パンティのクロッチをおびただしく汚すほどに。

そのとき、いっそう気分を高める方法を思いつく。

「バスローブの紐ってある？」

「あるけど、どうするの？」

「縛られたら、もっと昂奮するよ。きっと」

彼女はなるほどという顔を見せると、すぐさま寝室からバスローブの紐を持ってきた。

（うん。これならいいな）

タオル地で柔らかだから、少々強く縛っても痛くないはずだ。跡も残らないだろう。

後ろ手で結わえると、人妻の容貌に期待が満ちあふれる。眼差しが艶気を帯び、頬も紅潮した。

「あん、すっごくドキドキする」

けっこう勝ち気なふうに見えたが、実はマゾっ気があるのではないか。

ソファーの前で膝をつかせ、上半身を座面にあずけさせる。後方に尻を差し出し、しかも抵抗できない状態に置かれ、花帆の表情がさすがに強ばった。

「あんまり酷いことしないで……」

つぶやくように懇願したものの、物欲しげにくねる熟れ腰は、それとは正反対の願望を訴えているかに映る。源太の胸に、嗜虐的な感情が滾った。

「それじゃ、ぶつよ」

彼女の左隣に片膝をつき、右手を高々と上げる。ひと呼吸置いてから、ふっくらした丸み目がけて打ち下ろした。

　パンッ！

　小気味よい音が、部屋の空気を振動させる。

「ああーン」

　痛みを訴えるよりも、官能の色合いが濃い悲鳴があがった。

　源太は驚嘆した。空気をパンパンに満たしたゴムボールを打ったみたいに、手が跳ね返る感じがあったのだ。

(うわ、すごい弾力だ)

　さらに、二度、三度と打擲を加えると、白い肌が紅葉する。

「ううう、い、痛いわ」

　花帆が呻き交じりに言う。ソファーに伏せた横顔を確認すれば、目尻に涙が光っていた。

　それでいて、やめてくれとは言わない。もっとしてほしいのだ。

　本物のサディストなら、ここで容赦なく責めまくるところであろう。けれど、源太はどちらかと言えば気の優しい、普通の男である。欲望に駆られてＳＭチックなプレイを提案しても、女性を痛めつける趣味はなかった。

そのため、あとは力を加減して、スパンキングを続ける。赤く染まった臀部が痛々しかったためもあった。

彼女のほうも、尻を叩かれるのは初めてなのだろう。適度な打擲がちょうどよいと見える。

「う……あっ、あふぅうう」

身をよじり、切なそうに喘ぐ。いつしか呼吸がはずんできた。

(あれ?)

なまめかしい匂いを嗅いで、源太は手を止めた。酸味の強いそれは、熟女の秘苑から漂うものに間違いない。

浴室から出る前に、花帆は股間をシャワーで清めたのである。だが、その部分は初めての刺激的なプレイに昂り、発情フェロモンを放っているのではないか。

事実、後ろから覗き込んでみれば、花園は白っぽい吐蜜でぐっしょりと濡れていた。

(うわ、すごい)

源太は目を瞠(みは)った。愛撫などしていないのに、ここまでしとどになるなんて。もしかしたら、彼女は真性のマゾヒストなのだろうか。

「花帆さんのオマ×コ、ぐっしょりだよ」

わざと卑猥な単語を用いて報告すると、人妻が「う、ウソよ」と否定する。

「嘘じゃないよ。ほら」

女芯に指を這わせ、裂け目に沿ってヌルヌルとすべらせると、

「あああっ！」

花帆がのけ反り、感じ入った声をほとばしらせた。

「ほら、こんなにラブジュースが溢れてる」

敏感な肉芽を探ってこすると、女らしく熟れた下半身が、ビクビクと細かな痙攣を示す。甘美な電流が神経を伝ったかのごとくに。

「うう、あ、ダメぇ」

ゼイゼイと喉を鳴らす彼女は、全身が性感帯になったかのようだ。その証拠に、赤くなった臀部や、ほんのり汗ばんだ背中をそっと撫でただけで、電撃でも浴びたみたいに裸身を震わせた。

（エロすぎるよ……）

浴室でも熟女の絶頂を目の当たりにし、源太は昇りつめなかったのだ。痛いほどに勃起したペニスが幾度も反り返り、鈴口から透明な粘液を滴らせる。

猛るモノを、すぐにでも女窟にぶちこみたかったが、その前にしてもらいたいことがあった。花帆にはクンニリングスをしたけれど、まだフェラチオをされていなかったのだ。

ソファーに伏せた花帆を起こし、交代して源太が腰をおろした。

「しゃぶって」

簡潔に求めると、彼女はすぐさま屹立に口をつけた。

チュッ――。

軽くキスされただけで、頭の芯が絞られるほどに感じてしまう。

「おおお」

たまらず声を上げると、はみ出した舌が亀頭をペロペロと舐める。唾液に濡れたところが呑み込まれ、くびれまでが温かな沼地に入り込んだ。

「むはっ」

強く吸引され、目の奥に火花が散る。源太はソファーの上で尻をくねらせた。

後ろ手で縛られたままだから、花帆は手が使えない。そのぶんおクチで感じさせねばと思ったのか、頭を上下させて熱心に奉仕する。

くぷ……ぢゅぽ――。

口許から淫らな音がこぼれる。筒肉を唇で摩擦するばかりでなく、彼女は舌も巧みに巻きつけて、うっとりする快さを与えてくれた。

（うう、気持ちいい）

フェラチオでここまで感じさせられるのは、源太は初めてだった。過去に付き合った恋人もしてくれたけれど、求められたから仕方なくするというふうだったし、それほど熱心ではなかったのだ。

一方、花帆はおしゃぶり行為そのものを、愉しんでいるフシが窺える。

「か、花帆さん、すごくいい」

感動を伝えると、舌づかいがねちっこくなる。敏感なくびれを狙い、チロチロとバイブレーションさせた。

「ああ、あああ」

源太はソファーの背もたれにからだをあずけ、膝をカクカクと震わせた。

見おろせば、美貌の中心に武骨な肉器官が突き立てられている。痛々しくもいやらしいコントラストに、焦って尻の穴を引き絞った。劣情を煽られ、急速に上昇する感じがあったのだ。

「も、もういいよ」

制止を求めたのは、このままでは口の中で爆発するのが確実だったからだ。花帆のほうも危機を察したらしく、すぐさま口をはずしてくれる。あるいは、もう一度挿入してほしくなったのかもしれない。

丹念にしゃぶられた分身は赤みを著しくし、いっそう凶悪な風情を見せつけている。亀頭の段差も、これまでになく際立っているようだ。

「素敵……」

味わったばかりの秘茎に、人妻がうっとりと見とれる。すでに二度も受け入れているから、愛着が増したのかもしれない。

「また挿れてもいい?」

いちおう確認すると、彼女が何度もうなずく。コクッとナマ唾を呑んだのもわかった。

源太が立ちあがると、花帆が再びソファーに突っ伏す。ヒップを高く掲げ、ぷりぷりとうち揺すった。一刻も早く貫かれたいのだ。

無言のリクエストに応じて、人妻の真後ろに場所を移す。膝立ちになり、肉槍の穂先で蜜割れを探れば、熱さがじんわりと伝わってきた。

(こんなにセックスが好きなのに、旦那さんがしてくれないなんて、可哀想すぎ

るよ）

だったら、これからは自分が相手をしてあげよう。源太は密かに決意した。おそらく彼女のほうも望んでいるはずである。

そんなことが可能なのも、家で仕事をしているからこそだ。

（在宅ワークになってよかったな）

不本意だった会社の方針に、初めて感謝の思いを抱く。何しろ、隣室の人妻と、自由に逢い引きができるのだ。

これから楽しくなりそうだと胸をはずませつつ、源太は心地よい柔穴に身を投じた。

ぢゅぷり――。

中に溜まっていた愛液が脇から押し出され、卑猥な粘つき音をたてる。

「あふぅううーン」

長く尾を引くよがり声を放ち、花帆が総身をわななかせた。

受け入れた牡根が、さっき以上にキュウキュウと締めつけられる。縛られて昂っているため、肉体の反応が顕著なのか。

（この様子なら、本格的なＳＭプレイもありかもしれないぞ）

さすがに鞭など使いたくはないが、もっと本格的に縛ったらどうだろう。いっそ外に連れ出して、野外で愉しむなんてことも。

あれこれ想像することで、蕩けるような歓喜にまみれる。源太は浮かれ気分で、張り棒をせわしなく出し挿れした。

第二章　男と女のネットワーク

1

（こんなはずじゃなかったのに……）

どうにもこうにもやり切れない。源太は深いため息をついた。

彼の目の前にあるのは、丸めたティッシュである。青くさい粘液を吸い込んだそれは、たった今オナニーを終えたばかりの証だった。

本当なら隣の人妻と愛欲に耽り、ザーメンを放出するはずだったのに。どうして性懲りもなく、惨めな自家発電に興じねばならないのか。

現在、時刻は午後十一時過ぎ。そろそろ就寝の準備をする頃合いながら、お隣は未だ休む気配がない。

なぜなら、艶声が壁の向こうから聞こえている。

《いやぁ、あ、ダメぇ》

紛う方なき、花帆の喘ぎ声だ。

彼女はいつかのように、アダルトビデオをオカズにして、自慰に耽っているわけではない。ちゃんと相手がいるのは、かすかに男の呻き声がすることからも明らかだ。

つまり、夫婦生活の真っ最中なのである。

これを耳にするのは、もう何度目だろうか。最初に聞いたのは、真っ昼間から花帆と愛欲のひとときを過ごした、翌日のことであった。

時刻は今と同じぐらいか。ＬＤＫではないもうひと部屋を、源太は寝室にしているのだが、ベッドに入った直後に艶めかしい声が聞こえてきた。

最初は、また花帆がアダルトビデオを見ているのかと思った。だが、夫がいるはずなのである。もっと早い時刻に、夫婦のやりとりがかすかに聞こえたから間違いない。

そうなれば、ナニをしているのかなんて、考えるまでもなかった。

源太はショックを受けた。夫婦が夜の営みを持つのは普通のことなのに、どうにも合点がいかなかった。お隣の寝室が壁の向こうなのを、こんなかたちで知らされたことにも苛立った。

花帆と真っ昼間から快楽に耽ったのは、彼女が夫に抱かれておらず、欲求不満だったためだ。なのに、夫婦が睦まじく愛を語らえば、人妻とアバンチュールを愉しむ理由がなくなってしまう。

もうひとつ、源太が耳を疑ったことがあった。途中で肉を打つような音と、花帆のなまめかしい悲鳴も聞こえたのである。

彼女たちはスパンキングに興じていたようだ。交わりながらなのか、ただ尻を叩いていただけなのかはわからなかったが。

もしかしたらと、源太は想像した。夫婦が肉体を交わすようになったのは、花帆の提案で新たなプレイを取り入れたためではないのかと。

すなわち、スパンキングを。

源太に尻を叩かれ、花帆はかなり昂奮していた。それを夫婦間でも行なったところ、夫がサドっ気に目覚め、嬉々として妻の尻を打ったのではないか。

実際、その後も夜の営みのときには、決まって打擲音とすすり泣きが聞こえたのである。

自分が目覚めさせた女を奪われたようで、源太は面白くなかった。奪われたも何も、もともと人妻だったのだが。

一度、源太はゴミ出しに外へ出たとき、偶然花帆と顔を合わせた。そのとき、彼女は表情を強ばらせ、無言で会釈すると、そそくさと行ってしまった。

源太は打ちのめされた気分を味わった。明らかに避けられているのだ。

夫とよろしくやっているから、他の男は必要なくなったのか。それとも、あれは一時の過ちであり、なかったことにしたいというのか。調子に乗って関係を求められても困るし、夫にバレたらまずいからと。

どちらにせよ、人妻との蜜事は二度と望めそうにない。

かくして、聞こえよがしの営みに煽られ、オナニーをするしかなくなったのである。あるいは源太に諦めさせるべく、花帆はわざと派手な声をあげているのかもしれない。

（虚しいなあ……）

まったくもってやるせない。それでいて、煽られて昂奮する自分にも情けなさが募る。

精液の残り香にも物憂さを募らせ、源太は布団をかぶって眠ろうとした。ところが、隣の睦言はまだ続いている。

《ああん、もっとぶってぇ》

と、花帆が荒々しい責めをせがんでいるのが聞こえた。

人妻のぷりぷりしたヒップが、脳裏に蘇る。打ち据える手を撥ね返すほどの弾力と、マシュマロみたいな手ざわりも思い出し、射精直後にもかかわらずたまらなくなった。

(くそ……もう一回、花帆さんとしたかったなあ)

未練たらたらで再勃起し、我慢できずにブリーフを脱ぐ。今ほどのオナニーの名残でベタつくイチモツを握り、源太は侘しい快さにひたってしごいた。

花帆とのセックスでは、かつて味わったことのない、最高の快感を得られたのである。だが、程なくザーメンをほとばしらせた源太が得たのは、この上なく味気ないオルガスムスであった。

2

その日はウェブ会議の日であった。ビデオ通話用のアプリケーションで、在宅のスタッフたちと情報や意見交換をするのである。

資料は前もってメールで送られてくる。また、プレゼンテーションのソフトを使えば、パソコン上でも見ることができた。

要は出社しなくても、情報や仕事の共有に支障はなかったのだ。

開始予定は午後一時。正午過ぎ、始まるまで時間があったものの、源太はスーツを着て身なりを整えた。

会議のとき、必ずスーツを着用するといった決まりはない。けれど、源太は企画主任なのである。常日頃からきちんとしているところを部下に見せないと、示しがつかない。

準備を整え、資料のチェックをしていると、携帯に着信があった。

ディスプレイに表示された名前は、部下の畑中瑞紀(はなかみずき)だ。二十七歳で、ウェブページのデザインを担当している。

（ん、なんだ？）

源太は首をかしげた。瑞紀も会議に参加するのであり、事前に何の用件かと思ったのだ。

とりあえず電話に出て、「保科です」と応答すると、

『あ、主任。お忙しいところ申し訳ありません。畑中です』

やけに急いた感じの声が返ってきた。

「うん、どうした？」

『申し訳ありませんが、これから主任のところにお邪魔させてください』

「え、どうして？」

『ウチのＷｉ-Ｆｉがダメになっちゃって、ネットに繋げないんです。たぶん、ルーターの故障だと思うんですけど』

いきなりの訪問宣告に、源太は焦った。男の独り住まいは雑然としており、若い部下を迎え入れるにはむさすぎる。

「いや、どうしておれのところに？」

『住所を調べたら、主任のお住まいが一番近かったんです。電車でふた駅ですから』

瑞紀の声のバックに、車のエンジン音がした。どうやら、すでにこっちへ向かっているらしい。

「だからって、急に困るよ。こっちにだって準備ってものがあるし」

あるいは断られないように、ギリギリになって連絡してきたのか。

『すみません。今朝になって繋がらないってわかったものですから』

「本当に故障なのかな？　何なら、おれが畑中さんのところに行って、ルーターを見てあげるけど」

これからの会議には間に合わないにせよ、今後もやって来られたら困る。早急に対処してあげたほうがいいと思ったのだ。

ところが、

『だ、ダメです、絶対！』

頑として拒まれてしまった。彼女は独身だし、部屋に男を招き入れるのは倫理上好ましくないのかと思えば、

『わたしの部屋、すっごく汚れてるんですから』

ごく単純な理由を口にされる。しかし、源太は本気にしなかった。

瑞紀は、所謂できる社員である。本業はデザイナーでも、他のところについて

も的確な意見を述べるし、アイディアも豊富だ。

その有能さは、外見にも現れていた。

端整な顔立ちは、いかにも仕事ができそうだという印象をクライアントにも与える。会社ではブランド物のスーツを着こなし、髪型もメイクも完璧に整えていた。それはウェブ会議のときも変わらない。

そんな彼女の部屋が汚れているなんて、どうして信じられようか。つまり、男を部屋に入れたくないだけなのだ。

(ていうか、おれが嫌なだけなのか)

四十路の独身男など招こうものなら、何をされるかわからないと警戒しているのかもしれない。いや、きっとそうだ。

隣の人妻に続き、部下にまで拒まれるなんて。落ち込みかけた源太であったが、そんな場合ではなかった。

『それじゃ、もうすぐ着きますので、よろしくお願いします』

「あ、おい」

上司たる源太に何か言う間を与えず、瑞紀は通話を切ってしまった。

(うわ、まずいぞ)

源太は急いでリビングを片付けた。置きっぱなしだった本や衣類を、とりあえず寝室へ持っていく。

さらに、ゴミ箱の中身を指定のゴミ袋に移し、口を堅く縛った。オナニーに使用したティッシュが入っていたため、まさかとは思うが、匂いで悟られるのを防いだのだ。

そうしてひととおり整えたところで、来客を知らせるチャイムが鳴った。インターホンのモニターを見て、瑞紀であるのを確認してから、マンション玄関の自動ドアを解錠する。

一分と待つことなく、彼女がやって来た。

「すみません。お邪魔いたします」

ぺこりと頭を下げた若い部下に、源太は目を疑った。

(なんだ、この格好は?)

モニターでは気がつかなかったのだが、瑞紀は上下ともねずみ色のスウェット姿だったのである。いかにも普段着か室内着という装いを、薄手のコートを羽織ることで、外出に適した格好に見せているつもりらしい。

それでいて、髪型とメイクはばっちり決まっているものだから、違和感たっぷりだった。

「……ええと、その格好で会議に出るの？」

黙っておられず質問すると、瑞紀は「まさか」と笑顔で否定した。

「スーツも持ってきましたから、ちゃんと着替えますよ」

持参したキャリーケースの中に、ノートパソコンの他、着替えも入っているようだ。

（だったら、家から着てくればいいのに）

二度手間ではないかとあきれつつ、彼女を招き入れる。

「あ、先にバスルームをお借りしてもいいですか？　着替えたいので」

「ああ、どうぞ。ユニットバスで狭いけど」

「かまいません」

「このドアだよ。済んだら、そっちにいるから来て」

「わかりました」

その場に瑞紀を残し、源太は先にリビングへ戻った。

（さて、どうするかな）

仕事もウェブ会議も、ここを使っている。寝室は片付けた品々を運び込んで散らかっているから、彼女を入れるわけにはいかない。もちろん、自分がそっちに引っ込むのも御免である。

（そうすると、このテーブルで向かい合うしかないか）

普段、仕事のときに使っているそれは、わりあいに大きい。ふたりがノートパソコンを広げるのには充分だ。

何なら向かい合わせでなく、横並びで坐ることも可能である。しかし、それだと背景が一緒になり、同じ部屋にいると他の面々にわかってしまう。そんなことは瑞紀も望んでいないだろう。むしろ隠したいはずだ。

（ていうか、畑中さんの部屋って、どんな感じだったっけ？）

ウェブ会議のときの彼女を思い出す。確かバックは部屋そのものではなく、風景写真だった。バーチャル背景を設定していたのである。

それならバレる心配はないし、横並びでもかまわないのか。どっちがいいか、本人に決めさせればいいと思っていたら、瑞紀がリビングにやって来た。

「え？」

源太は啞然となった。

優秀なスタッフで通っている彼女は、上半身こそきちっとスーツを着こなしている。だが、下半身はスウェットのままだったのだ。

「そんな格好でだいじょうぶなの？」

眉をひそめて訊ねると、瑞紀が悪びれもせず「はい」と返事をする。

「どうせ下は映りませんから」

確かに、モニターされるのはバストショットのみだ。しかし、ここは自宅ではなく上司の家なのである。もう少しきちんとしてもよさそうなのに。

（けっこうずぼらなんだな）

家からスウェットで来たのもそうだし、仕事はできても私生活は手を抜くタイプなのか。部屋が汚れているというのも、案外事実かもしれない。

「ええと、ここのテーブルでいいよね」

「はい」

「どうしようか。横並びでも、向かい合わせでもいいけど」

「向かい合わせがいいです。隣だと落ち着かないですし、みっともない格好を見られたくないので」

ボトムがスウェットであることを言っているのだろう。だったら、ちゃんとスカートなりパンツなりを持ってくればいい。

もちろん、家から着てくるのがベストである。

首から上はいかにもキャリアレディっぽい美女が、スウェット姿だったのだ。電車で乗り合わせたり、道ですれ違ったりしたひとびとは、さぞ目を丸くしたのではないか。

(ていうか、それが平気だっていう畑中さんの神経もおかしいけど)

そう言えば、会社では瑞紀の浮いた噂など、まったく聞かなかった。できる女性だから敬遠されているのかと思っていたが、ずぼらな私生活のせいで男が寄りつかないのかもしれない。

あるいは、本当の姿を知られたくなくて、彼女のほうが男を寄せつけないのか。

そんなことを密かに考えていたら、

「主任はどちら側ですか?」

と、瑞紀に質問される。

「ああ、こっちだよ」

壁際にふたり掛けのカウチがあって、仕事のときもそれを背もたれにしているのだ。

「じゃあ、わたしはこっちですね」

確認して、瑞紀がキャリーケースから畳んだ布を取り出す。クロマキー用のグリーンバックだった。テレビなどでも、合成映像に使われるやつである。

(なんだ、用意がいいんだな)

そう言えば、ウェブ会議ではバーチャル背景に本人が溶け込むことなく、いつも綺麗に映えていた。服装はいい加減でも、そういうところはちゃんとしているらしい。

もっとも、室内を絶対に見られたくなくて、余計なものが映らないよう注意している可能性もあるが。

彼女の背景になる側の壁には、特に何もない。だからこそ、隣室から喘ぎ声が聞こえたときも、壁にへばりついて聞き耳を立てられたのだ。

余計なことを思い出して、胸がモヤモヤする。夫婦の営みが頻繁になってからは、花帆もAV鑑賞などしなくなったようで、昼間からそういう声が聞こえることはなくなった。

(……くそ。また旦那さんが抱いてくれなくなっても、おれはもう相手をしてやらないからな)

などと、負け惜しみでしかないことを考えるあいだに、瑞紀がグリーンバックを壁に留める。それからノートパソコンをテーブルに載せて開き、アプリの設定を始めた。

「あ、Ｗｉ-Ｆｉのパスコードを教えていただけますか？」

「ああ、うん。これだよ」

付箋にメモしたものを渡すと、彼女が軽やかにキーを叩く。タイピングも源太よりずっと速い。

（仕事はできるのにな……）

今のちぐはぐな服装を見たら、惚れた男も考え直すに違いない。

瑞紀のずぼらなところは、社員の誰も知らないのだろう。飾らない姿を、こうして自分に見せてくれたのは、それだけ信頼している証とも言える。

だったら光栄だと素直に喜ぶことにして、彼女にクッションを貸す。フローリングの床に、直に坐らせるわけにはいかない。

「これ、使って」

「ありがとうございます」

感謝の言葉とともに、ニッコリと笑顔を見せる。同じ部屋にふたりっきりでいるせいもあって、妙にときめいてしまった。

（おい、変な気を起こすなよ）

自らを戒めたものの、そもそも部下に手を出す度胸などないのだ。

瑞紀がヘッドセット――ヘッドフォンとマイクがセットになったものを装着する。それもまた格好よく似合っていて、源太は思わず見とれた。

するると、彼女が訝る眼差しを向けてくる。

「主任は、ヘッドセットを使わないんですか？」

「え？　ああ、パソコン内蔵のマイクとスピーカーで充分だからさ」

「ダメですよ。それだとわたしの声も拾っちゃうじゃないですか」

それもそうかと、いちおう持っていた簡素なものを接続する。ほんの数回使っただけで、煩わしいとやめてしまったのだ。

「だいじょうぶだと思いますけど、声はなるべく抑えめにしてくださいね。それから、間違ってもわたしに直接話しかけないでください。ちゃんと画面を通してお願いします」

「うん、わかった」

素直に了解してから、ここはおれの部屋なのにと不満を覚える。割り込んできた相手に主導権を握られるのは、正直面白くなかった。

（だいたい、おれは上司なんだぞ）

ここは立場を明確にしておくべきだ。でないと沽券にかかわる。

注意しようと口を開きかけた源太であったが、不意に瑞紀が身をもぞつかせたものだから、タイミングを失った。

（え、何だ？）

クッションの坐り心地が悪いのかと思えば、彼女がねずみ色のものを脇に放る。それが何なのか理解するなり、頭にカッと血が昇った。

瑞紀が穿いていたスウェットズボンであった。つまり、彼女は下半身をあらわにしているのである。

「ど、どうして脱ぐんだよ？」

焦りまくって問いかけると、若い部下がきょとんとした顔を見せる。

「このほうが楽なんですけど」

「いや、楽って――」

「わたし、ウチではいつもこうなんです。何か穿いて坐ってると、むしろ落ち着かなくって」

これは在宅ワークの弊害ではないのか。当たり前に服装を整えて仕事をすることすら、すでに困難になっていると見える。

もっとも、彼女の場合は、元からきちんとすることが苦手なのかもしれない。あるいは、手を抜けるところは徹底的に抜く性分なのだとか。

(さっき、みっともない格好を見られたくないって言ったのは、このことだったのかよ)

テーブルがあるから、瑞紀の下半身は見えない。覗き込むことは可能でも、さすがにそんな真似はできなかった。おまけに、

「絶対に下を見ないでくださいね」

と、彼女にも釘を刺されてしまった。

3

間もなく、ウェブ会議が始まった。

メンバーは総勢八名で、パソコンのディスプレイにそれぞれのウインドウが映し出される。見知った面々であり、会議の内容も普段どおりで、特に目新しい議題はない。

なのに、源太はどうにも落ち着かなかった。すぐ前に部下の女子社員がいて、彼女はおそらく下着をまる出しにしているのだ。あいにくと、確認することはできないが。

しかも、それほど広くない部屋に、ふたりっきりなのである。

甘いかぐわしさがほのかに漂っている。瑞紀の香水かコロンなのだろうか。そこに秘められたところの匂いが混じっている気がして、源太は会議に集中できなかった。

（まったく……おれを何だと思ってるんだよ）

男とふたりでいるのに、あられもない格好になるなんて。襲ってくれと言わんばかりではないか。

もちろん、スタッフの目がある会議中に、そんなことはできない。仮に見られていなくても、非道な行ないをするつもりはないけれど。

瑞紀のほうは、まったくもっていつもどおりだ。てきぱきと意見を述べ、自らが担当するところも、実に精緻なプレゼンテーションをする。主任である源太以上に、会議をリードしていた。

いずれ彼女に追い抜かれ、部下と上司の立場が逆転するのではないか。そんな思いにも囚われて、軽く落ち込みかける。

（ふん。パンツまる出し女に、あれこれ命令されてたまるものか）

胸の内で毒づいても、想像した未来はそう遠い先のことではあるまい。瑞紀のことは、会社のトップ連中も買っているのだから。

実際、彼女の的確な指摘のおかげもあって、会議は二時間とかからずに終了した。そのあとは、いつものごとく雑談タイムとなる。

在宅ワークのため、誰かと連絡を取り合うことはあっても、こうやってスタッフが顔を揃える機会は多くない。寂しい思いをしている者もいて、近況などを自由に語らい、コミュニケーションを図るのだ。これは会社も必要なことだと認めている。

そこに至って、源太もようやく普段の自分を取り戻した。それぞれの顔を観察して、疲れていないかとか、ストレスが溜まっていないかとか、健康状態もチェックする。これも上司としての務めなのだ。

そして、ひとりの社員が、顧客とのやりとりで困ったことを話し始めたとき、

（……ん？）

下半身に奇妙な感覚があり、眉をひそめる。股間のあたりに、何かが遠慮がち

に触れていた。

おかしいなと思って下を向き、源太はギョッとした。ズボンの股ぐらに、別人の足があったのだ。

爪に赤いペディキュアが塗られ、ちんまりと小さいそれは、間違いなく瑞紀のものであった。

(いや、何をしてるんだよ?)

焦って顔をあげ、正面にいる部下を見る。すると、彼女に思いっきり睨まれてしまった。

《こっちを見ないで――》

鋭い眼差しは、そう訴えている。源太はうろたえ、視線をディスプレイに戻した。

行儀悪く脚をのばしたところ、意図せず男の股間に爪先が触れてしまったのか。

そう解釈したものの、足がどけられることはなかった。

むしろ、開き直ったみたいに陰部をまさぐってくる。

(どういうつもりなんだ?)

源太は狼狽した。瑞紀の意図がさっぱり摑めなかったからだ。

ところが、ディスプレイに映る彼女の顔を見て、もしやと悟る。他の社員が話すのに、いちいちうなずいているかに見えたものの、目が明らかに興味なさげだったのだ。

つまり、退屈しているのである。

ということは、暇な時間をやり過ごすために、上司にタチの悪い戯れを仕掛けてきたのか。瑞紀のほうも、ディスプレイ越しにこちらの反応を観察しているのかもしれない。

源太は表情を引き締めた。他の社員たちに怪しまれてはまずいし、瑞紀にも弱みを見せたくない。

「ああ、そういうひとって、確かにいるよね」

と、話に相槌を打ったのは、余裕があることを部下の女子に示すためだ。もしかしたら、そのせいで彼女はムキになったのかもしれない。足の動きが大胆になる。

「む――」

洩れそうになった声を、どうにか抑え込む。牡のシンボルがあからさまにターゲットにされたからだ。

爪先が縦方向に動き、ズボン越しにペニスを撫でる。ムズムズする快さが生じて、腰をよじらずにいられなかった。

（くそ……何だってんだよ）

もしかしたら、妙な声をあげさせて、源太に恥をかかせるつもりなのか。そんなことをすれば、ふたりが同じ部屋にいることまで、バレてしまうかもしれないのに。

それとも、そんなことがどうでもよくなるほどに、退屈しているのだろうか。あるいは、源太を陥れ、主任の地位を奪うつもりでいるのだとか。

（ていうか、こんな悪さをする子には見えなかったのに）

仕事のできる真面目な女性というのが、瑞紀に対する周囲の評価である。ところが、意外とずぼらであることがわかったし、男がいても平気で下着姿になれるほど恥知らずなのだ。

ずっと猫を被っていたのだとわかり、次第に腹が立ってくる。いずれ彼女に地位を逆転されるなんて考えたせいもあって、反感も募ったようだ。

おまけに、年上を年上とも思わない態度で、弄(もてあそ)ばれているのである。

源太は眉間にシワを刻み、真剣に聞き入っている体を装った。そして、どうにか逆襲できないかと、必死で考える。

（あ、だったら――）

不意に妙案が閃く。

瑞紀は、こちらが何もできないと踏んで、大胆な行動に出ているのである。ならば、それを上回ることをして、度肝を抜けばいい。

だからと言って、同じことはできない。手を出したら、セクハラだと訴えられる恐れがある。それこそ相手に付け入る隙を与えることになろう。

よって、あくまでも受け身でいなければならない。

瑞紀の足がいったん離れたのを見計らい、源太は悟られぬようにベルトを弛め、ズボンの前を開いた。それから坐り直すフリを装って、ブリーフごと脱ぎおろしたのである。

下半身すっぽんぽんになり、改めて胡坐をかくと、またも爪先が迫ってくる。

真っ先に触れたのは、ぐんにゃりと軟らかな陰嚢であった。

くすぐったい快さに、小鼻がふくらむ。どうにか真顔をキープしてディスプレイを見守っていると、瑞紀が怪訝な面持ちを浮かべた。触れたものの感じが異なるのはわかったらしいが、それが何なのか理解できない様子だ。

胸の内でほくそ笑み、彼女の反応を観察する。部下の女の子に、性器を足で弄ばれるという状況に、背徳的な悦びを高めながら。

おかげで、海綿体に血液が流れ込む。秘茎がふくらんで上向き、天井目がけて伸びあがった。

移動した足指が、筋張った筒肉を挟む。途端に、瑞紀の顔が強ばった。

(ようやくわかったみたいだぞ)

ディスプレイ上で彼女の顔だけアップにすると、頬がピクピクと引き攣っていた。

さすがにやめるかと思えば、足ははずされなかった。それどころか、全体の形状を確認するように動く。

(え、なんだ?)

源太は戸惑った。驚いて引っ込めると予想していたのだ。

もしかしたら、剝き身のペニスだとわかっていないのか。いや、そんなことはあるまい。ソックスを履いているわけではなく、素足なのだから。

そのとき、瑞紀が小さくうなずいた気がした。強ばっていた頬も和らぐ。

しかも、カメラを見つめて、薄らとほほ笑んだのである。

それが自分に向けられたものだと、源太は確信した。事実、彼女はいっそう大胆になったのだ。

足がいったん離れる。瑞紀が坐り直したのがわかった。

そして、今度は両足が差しのべられる。

ふたつの爪先が、屹立を左右から挟み込む。快感がふくれあがり、源太は（まずい——）と焦った。出し抜いて主導権を取り返したつもりが、相手に付け入る隙を与えてしまったのだ。

だが、後悔してもすでに遅い。足が上下して、男根をしごきだしたのである。

「くぅ」

たまらず呻き、奥歯を嚙み締めて堪える。これはまずいと、源太はパソコンの設定を素早く操作し、マイクの入力をオフにした。

それから、上司らしい威厳と、ポーカーフェイスを保つ。下半身に意識を向けないようにして。

とは言え、女体と無縁の生活を、長らく送ってきたのだ。お隣の人妻と爛れた関係に陥ったのが、十年ぶり以上となるセックスで、それすら先々週のことなのである。

普段から女に不自由していないのならまだしも、親密なふれあいに飢えている身では、今の状況で平静を保つのは難しい。部下の足でペニスを弄ばれるという屈辱的な愛撫でも、目がくらむほどに快かった。

もっとも、瑞紀とて、普段からこんなことをやり慣れているわけではあるまい。足を二、三度上下させては休むなど、かなり覚束なかった。派手に動いたら上半身も揺れ、他の面々に怪しい行動を悟られると、警戒している部分もあるのだろう。

おかげで、上昇は抑えられていたものの、ウェブ会議中にこっそり性的な施しを受けるという背徳感で、胸が高鳴りっぱなしであった。分身も雄々しく脈打ち、鈴口に透明な汁を丸く溜める。

（うう）

源太は声にならない呻きをこぼした。足指が亀頭の尖端をこすり、敏感な粘膜に先走り液を塗り広げたのである。

そのとき、瑞紀はもう一方の足で、筒肉を支えていた。しかも、二本の指でくびれを挟むようにして。どうすれば男を歓ばせられるのか、徐々に会得してきた様子である。

それでいて、表情を変えることもない。本当に聞いているのか定かではないものの、他のメンバーの話にうなずいている。

源太には、そんな余裕はなかった。否応なく募る快感に神経を蕩かされ、どうかすると天井を仰ぎそうになる。マイクを切ってなかったら、荒ぶる鼻息をみんなに聞かれていたことだろう。

(ああ、もう、早く終わってくれ)

それればかりを願っていると、提供された話題に対する意見交換が、ようやく終わる。源太は急いでマイクをオンにした。

「それじゃあ、今回はこのへんで——」

会議を終わらせようとしたのであるが、

「すみません。ちょっといいですか?」

遮って手を挙げた者がいる。なんと瑞紀であった。

(まずい!)

源太は焦った。彼女が今の状況を、つまり、源太の部屋にいて、下半身を露出されたことを暴露するのかと思ったのだ。

すべては上司を罠にかけ、陥れるための企みだったのか。それによって自身の地位を上げるために。

ほんの刹那にそこまで想像した源太であったが、

「自粛期間中は、ステイホームということでネットに頼るひとが多かったんですけど、今はその反動が現れてきていると思うんです。どのサイトもアクセス数が減少傾向にありますし、ここで新たな魅力をアピールしないと、業績の低下は免れません」

瑞紀がやけに堅い話題を持ち出して、自説を滔々と述べる。それでいて、テーブルの下では硬い陰茎を玩弄し、シコシコと摩擦するのだ。

(何を考えてるんだ?)

源太はあきれつつも、再びマイクを切った。巧みさを増した足コキで、かなり高められていたからである。鼻息ばかりか、喘ぎ声まで洩れそうなほどに。

彼女は身振り手振りを入れて、熱心に話し続ける。下半身の動きを誤魔化すために、派手なジェスチャーを交えているのか。

実際、愛撫の動きも大きくなっていた。

基本は両足の指の付け根で筋張った肉胴を挟み、過度のオナニーで余り気味の包皮をスライドさせてしごくのである。ときに玉袋を弄んだり、爪先で鈴口付近をこすったりして、ムズムズする快さも与えてきた。

多彩な足技に、源太は翻弄された。懸命にしかめっ面をこしらえていたのは、どうかすると顔がだらしなく緩みそうだったからだ。まあ、会社の業績にもかかわる深刻な話題には、相応しい表情であったろうが。

そして、いよいよ限界が迫ってくる。

瑞紀の足首を摑み、やめさせるのは可能である。だが、そんなことをしたら彼女が気分を害し、予想もしない行動に出るかもしれない。たとえば、ノートパソコンをテーブルの下に入れ、いきり立つ陽根にカメラを向けるとか。

会議中に性的な悪戯を仕掛けてきたのもそうだし、何をしでかすかわからない怖さがある。そのため、源太は何もできなかったのだ。

おかげで、頂上を迎えることになる。

(あ、イク)

目のくらむ愉悦に巻かれ、腰が意志とは関係なくガクガクと跳ねる。

源太は瞼を閉じ、顔を上向きにした。感心して聞き入っているふうに見えるだろうと。

次の瞬間、香り高いエキスがほとばしった。

「むふっ」

太い鼻息をこぼし、体軀をわななかせる。全身がバラバラになるような快感に、源太は一瞬、自らの置かれた状況を忘れそうになった。

秘茎が雄々しく脈打ち、熱い体液も爪先にかかったであろう。射精したのは、瑞紀にもわかったはずだ。

ところが、彼女は話を止めることなく、足も動かし続けた。ザーメンが飛び散るあいだも巧みな摩擦は続き、源太は狂おしいまでの悦びを味わったのである。

「——そういうことですから、わたしたちもいっそうの奮起が求められると思います。長々とすみませんでした」

瑞紀が話し終えると、参加メンバーから拍手が送られる。

内容が少しも入っていなかったものの、源太も彼女を称賛したい気分だった。演説と同時に男根奉仕もやり遂げた、どこぞの日本人大リーガーも真っ青な二刀流に。まさにＭＶＰと言えよう。

もっとも、瑞紀はプレイヤーではない。今のが一種のプレイだったのは間違いなくても、他にＰのつく言葉はないだろうか。

（この場合は、モスト・バリアブル・ペニッシャーかな……）

もちろん、そんな単語はどこの辞書にもない。

「では、今日のウェブ会議はここまでにしよう。みんな、お疲れ様」

オルガスムスの余韻にひたりつつ、上司らしくまとめの言葉を口にした源太であったが、マイクをオフにしたままだったために、一同にきょとんとされてしまった。

4

「主任、ティッシュ」

会議用のアプリを終了させるなり、瑞紀が要求する。かなり刺々(とげとげ)しい口調で。

「あ、うん」

源太は自分の股間に使うぶんを抜き取ってから、彼女にボックスを渡した。

「まったく……こんなにいっぱい出すなんて」

ぶつぶつ言いながら、テーブルの向こうで青くさい粘液を拭う部下を尻目に、源太も後始末をした。

(ていうか、どうしておれが文句を言われなくちゃならないんだ?)

そもそも始めたのは瑞紀なのだ。しかも、最終的にどうなるのかわかっていながら、足コキを続けたのである。

理不尽だと不満を覚えつつ、気持ちよかったのは確かである。隣の人妻、花帆と一日だけの関係で終わったことへの不満も、いくらか解消された気がした。

ただ、どうせなら一方的に弄ばれるだけでなく、ふたりで快感を共有したい。

(もしかしたら、畑中さんもそのつもりでいるんじゃないか？)

Ｗｉ－Ｆｉが使えなくて、頼ってきたのは事実であろう。だが、ここへ来た理由は、家が近いというそれだけのことなのか。

(普通は同性を頼るよな……)

男の独り住まいとわかって訪れ、見せつけはせずとも、下着姿になったのだ。さらに、性的な悪戯を仕掛けてきたばかりか、ペニスをまる出しにされても嫌悪を示さず、最後まで導いてくれたのである。

さすがに好意を持たれているなんて、思い上がるつもりはない。だが、瑞紀も在宅ワークに飽き飽きして、男遊びがしたくなっている可能性がある。要は欲求不満解消の相手に自分が選ばれたのではないか。

「ていうか、どうしてあんなことをしたの？」

萎えた秘茎をティッシュで清めてから、思い切って質問する。

「え、あんなことって？」

彼女が怪訝な面持ちでこちらを見た。

「だから、おれのアソコを足でいじったことだよ」

「ああ……退屈だったからです」

身も蓋もない返答に、源太はガクッと前のめりになった。

「え、それだけ？」

「まあ、主任があれにどんな反応をするのか、興味があったっていうのもありますけど」

「興味って……」

「要は単なるイタズラです」

本当に、退屈しのぎの戯れだったのだろうか。とても信じられなくて、さらに突っ込んだことを訊ねる。

「それじゃあ、おれが下を脱いでチ×ポを出すことまでは、想定してなかったってこと？」

「そうですね。ちょっとびっくりしました」

「そのわりには、最後までノリノリで気持ちよくしてくれたじゃないか」

「べつにノリノリってわけじゃ」

「ていうか、畑中さんはお返しがいらないの？」

最も肝腎なことを確認すると、瑞紀が肩をビクッと震わせる。

「……お返しって？」

「おればっかりしてもらうのも悪いからさ」

お礼の奉仕をするのはやぶさかではないことを伝えると、端正な面差しが艶っぽく和らいだ。

「何をしてくれるんですか？」

ストレートな問いかけに、源太は怯んだ。ひと回り以上も年下の部下に、またも主導権を奪われる予感があった。

「いや、あの――」

「それって、わたしがしてほしいことを、何でもしてくれるって意味ですよね」

瑞紀がすっくと立ちあがる。上はきちんとスーツを着こなしているのに、下はナマ脚が剝き出しという姿を、初めて年上の男の前に晒した。

（うう、エロすぎる）

太腿は意外と肉づきがよく、緩やかな曲線が芸術的だ。着衣とのコントラストがいっそう魅力を高め、下着のみやオールヌード以上にそそられる。

源太は息を呑み、凝視せずにいられなかった。

ブラウスの裾から覗くパンティは、さっき着ていたスウェットと同じく灰色だった。男の目を意識した下着ではない。外から見えないところには、まったく気を配らないタイプのようである。

それでも、二十七歳の下半身は、女らしい色香をぷんぷんと振り撒いていた。

瑞紀がテーブルを回り、こちらへやって来る。源太は我に返って焦り、まる出しの股間を両手で隠した。足で射精に導かれたものの、まだそこは見られていなかったのだ。

「今さら隠さなくてもいいじゃないですか」

あきれたふうに言われ、頬が熱く火照る。年上なのにうろたえてしまったことが、みっともなく思われた。彼女のほうは、実に堂々としているのに。

源太の背後にあったカウチに、瑞紀はどさっと腰をおろした。大股開きでパンティを見せつける。

「じゃあ、わたしも気持ちよくしてください」

大胆すぎる要請に、頭がクラクラする。女体が漂わせる甘酸っぱいかぐわしさを嗅いだせいもあった。

「う、うん。わかった」

邪魔なテーブルをずらし、からだの向きを変えると、源太は彼女と対面した。視線は自然と、薄布が隠す秘められた部分に注がれる。

(え?)

心臓がバクンと大きな音を立てる。大胆に晒されたクロッチに、いくつものシミがあったからだ。

それも、すでに乾いたものから、新たに染みだしたであろうものまで。

(こんなに汚してたのか?)

今の短時間でこうなったわけではあるまい。乾燥して白くなっているやつは、ここへ来る前にこしらえたものだと思われた。

「何を見てるんですか?」

声をかけられ、ハッとして顔をあげる。

「あ、いや。この下着、いつから穿いてるの?」

ひと晩ぐらいではこうはならない気がして、質問したのである。

「ええと、三日……四日前ぐらい？」

思ったとおり、一日二日ではなかったものの、源太はあきれ返った。自分も二日ぐらい穿きっぱなしなんてざらにあるが、まさかそれ以上だったなんて。

「どうかしましたか？」

「ええと、普通は毎日穿き替えるんじゃないのかなと思って」

「他のひとは知りませんけど、わたしはこれが普通なんです。ずっと家にいて汗もかかないから、シャワーを浴びる必要もないですし」

つまり、このパンティを穿いているのと同じ期間、シャワーも浴びていないというのか。

（これは予想以上にずぼらみたいだぞ）

部屋が汚れているというのも謙遜ではなく、もしかしたらゴミ屋敷になっているのかもしれない。だからこそ、ウェブ会議でもバーチャル背景に頼らざるを得ないのだ。

もっとも、瑞紀は甘い香りを漂わせており、体臭がキツいわけではない。パンティのクロッチ以外、汚れている感じはなかった。本人が言ったとおりほとんど外出をせず、体質的にあまり汗もかかないのだろう。

だが、さすがに股間は、淫靡な匂いをこもらせているのではないか。思い出すのは、花帆の秘臭である。ケモノっぽい乳酪臭は、クセになりそうなかぐわしさであった。

瑞紀は四日もシャワーを浴びず、下着も穿きっぱなしなのだ。女芯はさらに露骨なパフュームを放っているに違いない。

是非とも確かめたいと、源太は灰色の下穿きに手をかけた。

「え、どうするんですか?」

などと首をかしげながら、彼女は即座に脚を閉じ、ヒップを浮かせた。いちいち訊かずともわかっているのだ。

女らしい肉づきの美脚を、パンティがするするとくだる。膝のところで裏返り、クロッチの裏地が見えた。

(うわ、すごい)

そこにはパリパリに固まったものから生乾きのものまで、さまざまな時期に分泌されたと思しき女芯汁が、淫靡な模様を描いていたのである。

本体に挑む前に、布に染み込んだ四日ぶんの恥臭も嗅いでみたい。思ったものの、そんなことをしたら瑞紀に変態と罵られるだろう。

仕方なく諦めて、薄物を爪先から抜き取る。脇に置いて、彼女の膝を大きく離させた。

「あん」

さすがに秘め園を暴かれるのは平気ではないのか、恥じらいを含んだ声がこぼれる。それでも抵抗することなく、男の前にすべてを晒したのは、快感を求める気持ちが強かったからであろう。

（ああ、これが……）

目の当たりにした部下の羞恥帯に、源太は胸が締めつけられるのを覚えた。こんなところを見ていいのかと、今さらためらいが頭をもたげたものの、もちろん目を離すなんてできない。

恥叢は、花帆ほど量は多くない。ただ、長らくパンティに押さえつけられているためか、恥丘に渦を巻いていた。

そのすぐ下に、ほころんだ肉色の裂け目がある。厚みのある花弁が、二枚重なってはみ出していた。

一帯は色素の沈着も淡く、渦巻いた陰毛を別にすれば、わりあいにすっきりした眺めであった。特に汚れもこびりついておらず、荒々しい状態だったクロッチの裏地と比べれば、もの足りないぐらいだ。

それでも、匂いはさぞと期待して、顔を近づける。

チーズっぽいフレグランスが鼻腔に流れ込む。うっとりと目を細めたとき、

「ひょっとして、舐めてくれるんですか?」

瑞紀が訊ねる。願望を滲ませた声音だ。

源太は何も答えず、もうひとつの唇にキスをした。

「あふっ」

切なげな喘ぎ声と同時に、艶腰がビクッとわななく。ほんの軽いふれあいなのに、鋭い反応だった。

(やっぱりその気になってたんだな)

だからこんなに敏感なのだろう。

さっそく舌を出し、恥割れに差し入れようとして、源太は(あれ?)となった。予想した濃密な淫香がしないのに気がついたからだ。

まったくの無臭ではない。酸味の強いチーズ臭はいちおうある。だが、オナニー直後だった隣の人妻と比較すれば二割もない、実におとなしいものだった。

(下着は汚しても、匂いはそんなにしないタイプなのかな)

体臭の濃淡は、個々人で異なる。女性に限らず、男だってそうだ。少なくとも股間に関しては、彼女は匂いが薄いほうだと見える。

あるいは、シャワーは浴びずともトイレでビデを使い、しっかり洗っている可能性もある。恥ずかしがって拒んだ花帆と違い、簡単にクンニリングスを許したのも、それほど汚れていないとわかっていたからではないか。

期待が裏切られて、源太は落胆した。かと言ってやめるわけにもいかず、お口の奉仕を続ける。重なった花びらを舌でかき分け、内側の粘膜を探った。

「ああっ、あ――――」

カウチの上で裸の下半身がくねる。舐めやすいようにと思ってか、瑞紀は尻を前にずらした。足をあげてＭ字開脚になり、秘苑を全開にする。

(いやらしい子だ)

ここまで欲望に忠実だなんて、会社で一緒に仕事をしていたときには、想像もしなかった。

もっとも、密かに想像したとおり、欲求不満で鬱屈していたのかもしれない。それを晴らすために、奔放に振る舞っているとも考えられる。

とにかく、足コキでスッキリさせてくれたお礼にと、源太は丹念に舐めた。ほんのり塩気のある裂け目内を、クチュクチュとねぶる。

「ああっ、そ、それいいッ」

嬌声がほとばしり、淫芯がなまめかしくすぼまる。ヒップも上下にはずんで、悦びをあらわにした。

素直な反応が嬉しくて、もっと感じさせたくなる。

源太はいったん口をはずすと、秘割れに指を添えた。花びらの上部、フード状の包皮を剝きあげる。クリトリスを直に舐めるつもりで。

（え、これは——）

現れた桃色の真珠は、全体に白っぽい膜で覆われていた。どうやら恥垢らしい。ビデを使っても、そこまでは洗わなかったのか。

独特の香気が鼻奥をツンと刺激する。ようやく求めていたものに出会えた気がした。

源太は嬉々として、敏感な尖りに吸いついた。

「はあああっ！」

いっそう大きな声がリビングにこだまする。ビクッ、ビクッと、内腿が痙攣したのがわかった。

舌先ではじくようにすると、付着していた老廃物が剝がれ落ちる。ほんのり甘苦いそれを、源太は唾液に溶かして呑み込んだ。彼女の一部を体内に取り込めたようで、妙に昂奮する。

「う、ううっ、それ、よすぎるぅ」

やはりお気に入りのポイントだったらしい。悦びを口にした瑞紀が、腰を休みなくくねくねさせる。

源太は逃すまいと食らいつき、秘核を一点集中で攻めまくった。

「うあ、あ、ダメぇ」

早くも極まったふうな彼女は、尻をさらに前へずらした。開いた両膝を抱え、秘苑ばかりかアヌスまでまる見えになるポーズを取る。

おそらく、女芯をもっと舐めてもらいたくて、瑞紀はそうしたのであろう。だが、ヒップが落ちないように両手で支えた源太は、別のところに興味が向いた。

(畑中さんも、おしりの穴を舐められたら感じるのかな?)

そんなことを考えたのは、アナル舐めでよがったお隣の人妻を思い出したからだ。

ここまでの瑞紀は、羞恥をさほどあらわにしていない。けれど、排泄口に舌を這わされたら、さすがに平静を保てないのではないか。

嫌がるところもちょっとぐらい見てみたい。それに、彼女の秘肛は淡い桃色で、毛も生えていなかった。清らかで柔らかそうなツボミである。

(すごく綺麗だ)

ちょっかいを出さずにいられない。源太は舌をのばし、チロチロと舐めくすぐった。

「あひっ」

声のトーンが悩ましげなものに変わる。放射状のシワがすぼまって、入り口を堅くガードした。

そこも用を足したあとしっかり洗っているようで、味はまったくしない。異臭も感じられなかった。

なのに、瑞紀の反応はそれまでと違った。

初めて拒み、ずり上がって逃げようとする。

「ちょっと、ダメっ!」

抵抗され、妙にゾクゾクする。源太は支えたヒップをしっかりと摑んで離さず、舌を律動させた。

「バカバカ、そ、そんなとこ舐めないで！」

彼女がなじり、抱えた膝から下をバタつかせる。

恥垢をこびりつかせたクリトリスは舐められても平気だったのに、綺麗な肛門は嫌がるなんて。やはりキタナイものを出すところという意識が強いのか。

もっとも、年上の男を下僕並みの存在と思っているのなら、どこを舐められようが平気なはずだ。むしろ自ら舐めろと命じるであろう。

こうして罪悪感を覚えるのは、源太を対等な人間として扱っている証拠である。

（エッチな悪戯を仕掛けたのも、親しみの表れなのかもな）

好きに弄んでいたようで、下に見ていたわけではなかったらしい。

というか、そもそも瑞紀は部下なのである。対等に扱われて安堵するなんて、上司としていかがなものか。

それでも、今やアナル舐めで主導権を握り、源太は有頂天であった。ようやくやり返せると、胸を大いにふくらませる。ついでに股間のイチモツも、昂ってふくらみつつあった。

（よし、このままイカせてやろう）

さすがに肛門への刺激だけで達することはあるまい。瑞紀も羞恥こそ覚えても、花帆ほどには感じていない様子であった。

源太は指をクリトリスに当て、細かい振動を与えた。

「あ、あ、あ、あぁッ」

カウチの上で女体が跳ね躍る。クンニリングスのときよりも反応が著しいのは、秘肛ねぶりが性感を高めたからだろう。ペニスをしごかれるとき、陰嚢も同時に揉まれると射精が早まるが、それと似たようなものではないか。

そして、瑞紀も急角度で高まっているようだ。

「イヤイヤ、それダメぇえええっ」

二点責めでよがるのは、将来有望な、仕事ができる女だ。会社で見せていたキャリアレディ然とした姿はそこになく、一匹の牝になって悶えまくる。

そのギャップゆえに、たまらなくいやらしい。

もっとはしたなく乱れる様を目にしたくて、源太は後穴をねちっこく舐めた。尖らせた舌先で、ツボミの中心をツンツンとノックすると、瑞紀が「くぅーン」と仔犬みたいに啼く。

その間も、硬く尖った花の芽をこすり続けた。

「あ、ハッ――はふぅ」

洩れ聞こえる息づかいが荒くなる。それでも、彼女が抱えた膝を離さなかったのは、愛撫を欲していたからに違いない。口では拒みつつも、肉体は悦びを求めていたのだ。

(もうすぐイキそうだぞ)

在宅ワークで不摂生な日々が続いていたのか、瑞紀の下腹には、いくらか余分なお肉がついていた。今はからだを折り畳んでいるせいで、ふっくらした盛りあがりがいっそう目立つ。

だからと言って、べつにみっともないとは思わない。むしろ、この程度の隙があったほうが親しみが持てる。

さっきのウェブ会議でも、瑞紀は実力や才能を見せつけていた。そういうところに一目置いている同僚たちは、彼女の下腹が出ていることや、パンティが汚れているなんて知らないのだ。

(おれは、畑中さんの恥ずかしいところを、全部知ってるんだ!)

最も恥ずかしいポイントであるアヌスを舐めくすぐりながら、源太は優越感を覚えた。脂ののった下腹がヒクヒクと波打つのを見て、愛しさもこみ上げる。

「だ――ダメ……イッちゃう」

いよいよ頂上に到達し、瑞紀が両膝を離した。裸の下半身を、バネが壊れたみたいに暴れさせる。

「いっ、ひぐッ、イクぅううううっ！」

歓喜の極みでのけ反り、全身をビクッ、ビクンと震わせる。「うっ、うっ」と呻き、女芯から温かな液体をこぼした。

（え、これは——）

匂いですぐにわかった。オシッコだ。気持ちよすぎて失禁したようである。大した量ではなかったものの、源太の口許からシャツの襟、スーツの一部やネクタイも濡らした。

間もなくぐったりと脱力した彼女が、カウチから落ちそうになる。源太は抱きとめて床におろし、自分が使っていたクッションを枕にしてあげた。

（すごいな……イクとあんなになっちゃうのか）

隣の人妻、花帆もクンニリングスで絶頂したが、ここまで派手に昇りつめなかった。では、セックスをしたら、瑞紀はどれほどあられもない痴態を見せてくれるのだろうか。

「はあ……はふ」

胸を大きく上下させ、しどけなく横たわる部下の女子を見おろし、源太は劣情を滾らせた。股間の分身はすでに復活し、硬く反り返っている。

それを彼女にぶちこみたい欲求と戦いつつ、無意識に唇を舐める。付着していた尿の塩気がやけに味わい深くて、新たな趣味に目覚めてしまいそうであった。

5

オルガスムス後の虚脱状態にひたっていた瑞紀が、ようやく瞼を開ける。源太を見あげ、眉をひそめた。

「ちょっと、どうしてハダカなんですか？」

尿で濡れたものを脱いで、源太は全裸になっていたのだ。

「いや、畑中さんのオシッコがかかったからさ」

「え？」

怪訝な面持ちを見せた彼女が、右手を自身の股間に這わせる。指の匂いを嗅ぐなり、頬を紅潮させた。

「や、ヤダっ」

くしゃっと顔を歪め、泣きそうになる。小生意気な印象が強かったから、いたいけな反応にときめかされた。

(なんだ、可愛いじゃないか)

そのため、つい意地悪をしたくなる。

「畑中さんって、イクとオモラシしちゃうんだね」

からかう口調で言うと、瑞紀が表情をキッと引き締める。

「そ、それは——主任がおしりの穴なんか舐めるからでしょ！」

「つまり、おしりの穴が感じるってこと？」

「バカっ！」

涙声で罵り、両手で顔を覆ってしまう。さすがに可哀想になって、源太は彼女に添い寝した。

「ごめんよ。畑中さんがあんまり可愛いから、イジメたくなったんだ」

優しく告げて髪を撫でると、手がゆっくりとはずされる。

こちらを見あげる瑞紀は、目許を濡らしていた。本当に恥ずかしく、居たたまれなかったらしい。

それでいて、相変わらず勝ち気なところを見せる。

「……主任があんなにヘンタイだって、わたし、知りませんでした」

泣きそうな目で睨んでくるのがいじらしい。

「変態って、どこが?」

「だから、おしりの穴を舐めたり」

「そんなの普通だよ。畑中さんのおしりの穴、とっても可愛かったし、男なら誰だって舐めたくなるさ」

「可愛いって――」

戸惑いを浮かべた彼女に、源太は問いかけた。

「彼氏は舐めてくれなかったの?」

「当たり前じゃないですか。おしりだけじゃなくて、アソコだって」

言いかけて、瑞紀が口をつぐむ。余計なことを言ってしまったと、気がついたのだろう。

(じゃあ、彼氏はクンニリングスもしなかったっていうのか?)

近頃、女性のアソコを舐められない男が増えていると、週刊誌の記事で読んだことがある。本当にそうなのかと疑問に思ったものの、実際にそういうやつがいたなんて。

「それは付き合う相手を間違えたね」

断定すると、彼女が「え？」と眉根を寄せる。

「畑中さんみたいに魅力的な女の子のアソコなら、おれは毎日だって舐めてあげるよ。もちろん、おしりの穴だって」

「やん」

「おれはオシッコをかけられたって平気だからね」

「し、知らないッ」

瑞紀が恥じらい、目を潤ませる。足で男の股間に悪戯をしてきたのが、嘘のようなしおらしさだ。

彼女はまだ、上半身にスーツを着たままだ。下だけを脱いだ格好もエロチックであるが、どうせならオールヌードも拝みたい。

「畑中さんも脱ぎなよ」

源太が上着のボタンをはずしても、瑞紀は抵抗しなかった。されるままなのをいいことに、ブラウスの前も全開にする。

中に着けていたのは、水色のブラジャーだった。かなり使い込まれているふうで、全体に色褪せている。カップのレース飾りも、一部ほころんでいた。

（本当に、見えないところにはかまわない主義なんだな）

もしかしたら着け心地がよくて、古くなっても捨てられないのかもしれない。ものを大切にするところは好感が持てる。

「ちょっと起きて」

「はい……」

上半身を起こさせると、源太は上着とブラウスを肩からはずした。ブラジャーも取り去る。

「あ、ダメ」

彼女はあらわになった乳房を、すぐに両腕で庇った。頬が赤い。

「どうして隠すの？」

「だって……恥ずかしいです」

「駄目だよ、よく見せて」

「キャッ」

源太は瑞紀を床に押し倒し、両腕を開いて押さえつけた。

「うう、バカぁ」

なだらかなドーム型のふくらみをあらわにされ、彼女が涙目で睨んでくる。見られたくなかったのは、サイズが控え目なせいなのか。

（綺麗だ……）

源太は感動した。小指の先ほどの乳首が、淡いピンク色だったからだ。性器やアヌスもそうだったが、瑞紀は色素が全体に薄いようだ。男性経験はそれなりにあるのだろうが、ウブな女の子みたいに清らかな眺めである。

「畑中さんのおっぱい、すごく可愛いね」

「ど、どうせ小さいですよ」

「そんなことないよ。かたちがよくって、先っちょも綺麗だし」

感動を込めて伝え、ふくらみの頂上に口をつける。

「あふん」

愛らしい声を洩らし、瑞紀が背中を浮かせる。けっこう敏感だ。舌先でクリクリと転がしながら、もう一方も指で摘まむ。やはり感度がいいようで、どちらもすぐに硬く尖った。

「あ、あ、んうぅ」

勃起したことで、より感じやすくなったのか、喘ぎ声がいっそう色めく。腰も左右にくねりだした。

「うう……しゅ、主任のエッチ」

なじりながらも、息づかいをハッハッとはずませる。どっちがエッチだよと胸の内で反論しつつ、源太は乳頭ねぶりを続けた。

白くてなめらかな肌は、甘ったるい匂いをたち昇らせている。ずっとシャワーを浴びていないようであるし、これが彼女本来のかぐわしさなのだ。

うっとりして小鼻をふくらませていると、瑞紀が何かを悟ったらしい。

「あの、わたし、汗くさくないですか?」

唐突に訊ねられ、源太は顔をあげた。

「え、どうして?」

「だって……ずっとシャワーを浴びてないし」

さっきは、それが当たり前という口調で言っていたのに、ここに来て羞恥が芽生えたのか。

「全然気にならないけど。ていうか、畑中さんって、すごくいい匂いがする」

「う、ウソ」

「本当だよ。ミルクみたいな甘い香りで、おれ、こういうの好きだな」

その言葉が嘘ではないと知らしめるために、彼女の胸元でクンクンと大袈裟に鼻を鳴らす。

「イヤっ、ば、バカぁ」

瑞紀が泣きべそ声で非難し、源太の頭を拳でぽかぽかと叩いた。

「主任って、やっぱりヘンタイです」

またも異常者扱いされ、だったらと開き直る。

「変態でけっこうだよ。だって、こういうこともできるんだから」

源太は彼女の両手首を摑むと、頭の上で固定した。それにより、腋窩が晒される。

（あ――）

色白の窪みに、細かな汗のきらめきが見える。そればかりでなく、短い毛がぽわぽわと生えていたのだ。そこの処理も怠っていたらしい。

「だ、ダメっ！」

焦って腋を閉じようとしたところを見ると、どんな状態なのか瑞紀もわかっているのだ。

できる女性が腋毛を生やしているのは、エロス感が半端ではない。ただだらしがないのとは異なり、これがわたしの有りのままという、主義主張みたいなものを感じるためだろうか。

まあ、瑞紀の場合は、単なる無精のようであるが。

その部分から漂うのは、甘ったるさを増したパフュームだ。乳くさいかぐわしさがいっそう強まり、顔を埋めて嗅ぎ回りたくなる。

しかし、そこまでしたら、さすがに嫌われるかもしれない。本物の異常者だと、会社の人間に触れ回られても困る。

それでも、何もしないではいられず、源太は浅い窪みに軽くキスをした。

「ほら、おれは畑中さんのどこだって舐められるよ」

冗談めかして言うと、瑞紀が憤慨の面持ちを見せる。

「わかりましたから、手を離してください」

本気で怒り出しそうだったので、源太は摑んでいた手首を解放した。すぐさま腋が閉じられ、魅惑のゾーンが隠される。

「まったく……今度ヘンなことをしたら、部長に言いつけますからね」

自分が先にヘンなことをしたのを棚に上げて咎める彼女に、源太は苦笑した。もちろん、本気ではないとわかっている。

「ごめん。もうしないよ」

素直に謝ってから、新たな提案をする。

「ヘンなことはしないから、イイコトをしようよ」

「え？」

「おれ、畑中さんとしたい」

欲望をストレートに伝えると、瑞紀が目を泳がせた。

「そ、それは……」

迷いを浮かべたのを見て、源太は気落ちした。確実に誘われたと決めつけていたのに、最後までするつもりはなかったというのか。

すると、ふたりのあいだに彼女の手が入る。源太の下半身を狙って動き、牡のシンボルを捉えた。

「あうっ」

すでに硬く勃起していたものを握られ、腰の裏がゾクッとする快さが生じる。

「え、どうして？」

瑞紀が目を丸くする。手にしたものを、怖々としごいた。

「あんなにいっぱい出したのに、もうこんなになってたんですか？」

かなりの量のザーメンが、彼女の足にかかっていたらしい。

「そりゃ、畑中さんがイクところがいやらしくて、すごく昂奮したし」

「バカ」

罵られ、強ばりをギュッと握られる。さらに、冷たい目で睨まれた。

「まさか、わたしにオシッコを引っ掛けられて、昂奮したんじゃないですよね」

「んー、それもあるかも」

「もう」

眉をひそめて瑞紀が身を起こす。気圧されて、源太は床に仰向けになった。

「そんなヘンタイな主任は、わたしがお仕置きをしてあげます」

勝ち気な性格に戻った彼女が、目をきらめかせる。年上の男の腰に跨がり、逆手で握ったペニスを上向かせた。

「まったく……こんなにガチガチにしちゃって」

屹立の真上に腰を移動させ、切っ先を女芯にこすりつける。

ヌチャ——。

粘っこくて温かな液体が、亀頭にまぶされた。

（本当にするつもりなのか？）

自分が望んだことなのに、不意にためらいが頭をもたげる。上司と部下という関係で肉体の繋がりを持ったら、これから仕事をしていく上で、支障があるのではないかと思ったのだ。

けれど、瑞紀のほうは、すでに心が決まっていたようだ。

「しますよ」

声をかけ、からだを真っ直ぐにおろす。最初は抵抗があったものの、狭い入り口が徐々に圧し広げられた。

ぬるん——。

亀頭の裾野が狭まりを乗り越える。あとはかけられる重みに逆らわず、ペニスが女体に呑み込まれた。

「あはぁッ」

瑞紀が白い喉を見せ、背すじをピンとのばす。

「ううう」

強い締めつけを浴び、源太も快さに喘いだ。

(——ああ、入った)

とうとう結ばれたと感慨を覚えつつ、本当にいいのかという迷いが、胸にしつこく燻っている。これは小心者ゆえなのか。

それを解消してくれたのは、他ならぬ瑞紀であった。

「あん……主任のオチ×チンが、奥まで来てる」

うっとりした声音で報告し、裸身をブルッと震わせる。迎え入れたものの感触を確かめるように蜜穴をすぼめ、恥じらいの微笑を浮かべた。

「気持ちいいですか?」

訊ねられ、源太は「うん、すごく」と答えた。

「わたしも……もっと早く、こうすればよかったです」

ということは、彼女は以前から、自分と肉体関係を持ちたいと願っていたことになる。

(それじゃあ、おれを好きだったっていうのか?)

源太が驚いて見あげると、瑞紀がうっとりした面差しで腰を回し出した。

「あ、あん、んふふぅ」

瞼を閉じて喘ぎ、身をしなやかにくねらせる。

ぬるっ……クチュ——。

そそり立つモノが、濡れ穴でこすられる。快感に「うう」と呻いた源太の耳に、交わる性器がこぼす卑猥な音が届いた。

（うわ、気持ちいい）

膣内の凹凸は、あまり感じない。だが、柔らかな媚肉が吸いつくようにまといつき、ぬぷぬぷと摩擦してくれるのである。

「は、畑中さん、気持ちいいよ」

「わたしも……あ、あ、あん、感じる」

瑞紀は前屈みになり、源太の両脇に手を突いた。ヒップをリズミカルに上げ下げし、蜜穴で男根を吸引する。

タンタンタン——。

股間の衝突が心地よいリズムを刻む。その狭間に、くぽっと空気が洩れるような音がした。

「ああん」

恥ずかしがって頬を染めつつも、瑞紀は逆ピストンをやめなかった。ハッハッと息をはずませ、男のために腰奉仕をする。ピンク色の乳首が上下に動くのを見ていると、催眠術にかかりそうだ。

秘核刺激で派手に昇りつめた彼女に、セックスではどれほど乱れるのかと想像せずにいられなかった。ところが、快感こそ得ているようでも、あられもない反応を示さない。

(まだ膣感覚が開発されていないのか?)

ということは、男性経験はそれほど豊富ではないのだろうか。美人で仕事もできる女性ゆえ、かえって男が寄りつかなくて。

そうすると、クリトリスをこすられてあんなに感じまくったのは、普段からオナニーで刺激して、性感が発達していたためとも考えられる。

瑞紀が孤独な遊戯に耽る場面を思い浮かべ、源太は激しく昂奮した。もしかしたら、仕事の合間にネットでいやらしい動画を見て、自らをまさぐっているのかもしれない。

(会議のときに下を脱いだのも、オナニーをしやすいように、いつもその格好でいるからなんじゃないか?)

あるいは過去のウェブ会議でも、メンバーに気づかれないよう、密かに秘部をいじっていたのではないか。そんなふうだったから、源太に悪戯を仕掛けることにも躊躇しなかったのだとか。

淫らな想像に、絶頂曲線が急角度で高まる。瑞紀の端整な顔立ちが淫蕩に蕩けているのを見て、ますます堪えきれなくなった。

「も、もう出ちゃうよ」

観念して告げると、彼女が瞼を開く。驚きを浮かべたのは、こんなに早くという思いがあったからではないか。

「ごめん。畑中さんの中が、すごく気持ちいいから。締まりもよくって、我慢できないんだ」

情けなさにまみれて弁明すると、艶っぽい微笑が返された。

「うふ。ありがとうございます」

お礼を述べた瑞紀が腰を浮かせる。白っぽい淫液をこびりつかせたペニスが、女膣からはずれた。

「ごめんなさい。中はちょっと」

申し訳なさそうな顔を見せられ、源太のほうが居たたまれなくなる。

「いや、もちろんわかってるよ」

「だから、おしりでイッてください」

「え？」

どういうことかと戸惑っていると、彼女が腰の上でからだの向きを変える。くりんと丸い臀部を見せつけ、再び坐り込んだ。下腹に反り返る肉根の真上に。

「あうう」

柔肉で圧迫され、疼いていた分身が切ない快さにまみれる。どうやら尻コキでイカせるつもりらしい。

瑞紀は源太の膝を両手で摑むと、腰を前後に振った。

「あああ」

濡れた女芯で強ばりをヌチュヌチュと摩擦され、悦びがふくれあがる。のしかかるお肉の柔らかさもたまらない。

「あ、あっ、気持ちいい」

彼女も切なげによがるのは、筋張った肉胴にクリトリスをこすりつけているからであろう。ふっくらした双丘がわななき、筋肉の浅い凹みができる。

(うう、いやらしい)

逆ハート型のヒップの切れ込みに、赤みを増したペニスが見え隠れする。白い肌とのコントラストが卑猥で、源太はぐんぐん上昇した。

「ああ、あ、いく、出るよ」

頂上が迫り、息が荒ぶる。

「出してください。いっぱい――」

「おおお、い、いく」

　腰をガクガクと揺すり上げ、源太はオルガスムスに達した。

　ビュッ、びゅるんッ。

　白濁の粘液が、糸を引いてほとばしる。それは上下する腹に淫らな模様を描き、青くさい香気を漂わせた。

「ああーん」

　瑞紀も軽く昇りつめたらしい。切なげな声を上げてのけ反る。

　彼女の肩甲骨が浮いて、背中に影をこしらえる。源太にはそれが、天使の羽根のように見えた——。


　数日後、源太は会社に呼び出された。なんと、瑞紀が退職願を提出したというのである。

「彼女にはウチも期待をかけていたし、突然のことでまいってるんだよ」

　困惑をあらわにする部長を前に、源太は茫然と立ち尽くした。おそらく彼以上のショックを受けていたのだ。

（そんな……どうして？）

思い出されるのは、ウェブ会議のあとの親密な交わりだ。

源太が二度目の射精を遂げたあと、ふたりはバスルームへ移動した。ユニットバスの狭い浴槽の中で、じゃれあうみたいに洗いっこをして、唇も交わした。

できればもう一度彼女としたかったものの、残念ながらペニスが復活しなかった。源太は名残を惜しんで秘め園にキスをし、どうしてもとせがんでアヌスも舐めさせてもらった。

『本当にヘンタイですね、主任って』

なじりながらも、瑞紀はやけに嬉しそうであった。

そのあと、彼女は上機嫌な笑顔を見せて帰って行った。あれが原因で会社を辞めたとは思えない。

いや、思いたくなかった。

「ひょっとして、ヘッドハンティングでもされたんですか?」

不意に思いついて訊ねる。優秀な人材だから、充分にあり得ることだ。

「いや、どうもそうじゃなさそうなんだ」

「だったら、どうして?」

「何でも、田舎に帰って結婚するっていうんだよ」

やれやれという顔で、部長がため息をつく。

(え、結婚？)

田舎に帰ってということは、許嫁がいたのか。それとも、見合いでもするのだろうか。

(それじゃあ、あのときのあれは——)

源太とあんなことをしたのは、最後の想い出のつもりだったというのか。

次々と浮かぶ疑問に、答えなど見つからない。ただただやり切れなく、寂しくてたまらなかった。

「そういうことだから、畑中君に代わる人材を育成するよう、保科君も頑張ってくれたまえ」

部長の指示にうなずきつつ、源太は決して涙をこぼすまいと、懸命に顔をしかめていた。

第三章　カラダだって配達します

1

　これはもう、一種の女難の相が出ているのではないか——。

　源太は疑わずにいられなかった。お隣の花帆、それから部下の瑞紀と、魅力的な女性たちと棚ぼた的に快楽を貪ったというのに、どちらとも一度きりで終わってしまったのだから。

　まあ、花帆は人妻だから、長く関係を続けるのは困難だったろう。けれど、瑞紀とはかなりイイ感じだった。恋人同士になっていずれゴールインも——と、希望をふくらませていたのだ。

なのに、いきなり田舎に帰ってしまうなんて。

官能的なひとときが過ごせたのは嬉しい。だが、あとが続かずそれっきりというのは、快感が大きかったぶん寂しさもひとしおだ。正直、取り残された気分すら味わった。

花帆は夫と仲睦まじくしている。瑞紀も田舎で結婚するという。どちらも自分ではない男と、よろしくやっているのである。

これでは弄ばれたというか、オモチャにされたにも等しい。お前など一度セックスをすればそれで充分と、男として価値ないものと判定された気すらした。

(おれは死ぬまでひとりなのかもな……)

そんな絶望感にもかられる。特にオナニーで欲望を発散したあとは、虚しさと自己嫌悪が募った。

いくら落ち込んでいても、生活のためには働かねばならない。いなくなった瑞紀の穴は大きく、フォローが必要で、落ち込んでいる暇などないのだ。

かくして、ここ一週間ほどは、かなり忙しかった。在宅で能率が上がらないなどと、不平を言っている場合ではないほどに。

それがようやく一段落して、源太はとりあえず安堵した。

「終わった……」

完成したデータを会社に送り、本音がぽろりと口からこぼれる。それだけ仕事に没頭していたのだ。

時刻は午後二時近く。昨夜から今日の未明まで働いて就寝し、九時頃に目を覚まして、朝食も食べずに続きをやった。

そのため、かなり空腹であった。

ひと仕事終わったし、胃を満たしたい。しかし、外に出るのは億劫だ。こういうときは、宅配を頼むものと相場が決まっている。

だからと言って、ピザやそばなどの定番でお茶を濁すのは嫌だ。頑張ったご褒美に、美味しいものを食べたかった。

ウイルス禍で業績を上げたもののひとつに、食品の宅配がある。飲食店の従業員が配達をするのではなく、デリバリー専門で請け負うサービスだ。

注文方法は簡単で、専用のアプリで登録されている飲食店を選ぶ。あとはメニューを見て注文すれば、近くにいる配達人が店に行き、そこから届けてくれるのである。

配送料などが加算されるため、店に行って食べるよりも割高になる。だが、出かけずに済むのは便利だ。そもそも宅配ピザだって、持ち帰りだと割引になる店があるように、もともと配達料込みで料金が設定されているのである。

（さて、何を食べるかな……）

スマホのアプリを起動し、近場の飲食店を検索しながら、胃袋と相談する。味が濃くて、腹にがつんとくるものを食べたい気分だった。

（よし、中華にしよう）

割合に評判のいい店が見つかって、さっそくメニューを調べる。これがいいなと、源太は上海焼きそばと酢豚、麻婆豆腐を選択した。

冷蔵庫には缶ビールがある。昼間っから飲めるのも在宅ワークの特権だ。だったらと餃子も追加した。

表示された配達までの所要時間は、三十分であった。昼のピークを過ぎているから、そのぐらいで届くようだ。

注文すると、源太はパソコンでネットニュースを眺めた。忙しくて、世間の動向をあまり追えていなかったのである。ＩＴ関連の仕事をしているのだから、最先端の情報を得ておかねばならない。

しばらく経ってから、配達状況を確認する。アプリには、配達員のプロフィールが表示されていた。

(え、女の子か?)

二階(にかい)という名前で、顔写真は若い女性であった。二十歳前後ぐらいに見える。配達員の多くは自転車を使っていると聞く。いくら若くても、女性にはけっこうハードワークではなかろうか。

(まあ、体育会系で、鍛えているのかもしれないしな)

でなければ、こういう仕事を選ばないだろう。

ウイルス禍で自粛を強いられていたあいだは、配達の仕事は需要が多かったようである。けれど、日常生活が戻った今は、以前ほど利用する者は多くないと、前に閲覧したニュースサイトに書かれてあった。そのため、配達員同士でお客の取り合いみたいになっているとも。

もしかしたら、この子も収入が減って、苦労しているのかもしれない。

(だったら、チップをはずんであげようかな)

などと考えたのは、写真で見る限り、けっこう可愛い子だったためもある。むさい男だったら、余分な金はびた一文払いたくない。肉体関係を持った相手に逃げられても、源太の助平根性は健在であった。

再びネットニュースを眺めていたら、腹がぐうと鳴る。気がつくと、予定の三十分をとっくに過ぎていた。

（遅いな……）

アプリのマップで現在位置を確認したところ、配達員の子は家から離れた場所にいた。しかも、動いている様子がない。

ひょっとして休憩をしているのか。疲れて大変なのかなと、このときはまだ同情する気持ちがあったのである。

ところが、それからさらに五分、十分が過ぎても移動しなかったものだから、さすがに苛立ちが勝ってくる。

（おいおい、料理が冷めちゃうよ）

温かな料理を、冷たいビールで愉しみたかったのである。これでは配達を頼んだ意味がない。

いったい何がどうしたのか。早く来てくれと、配達員にメッセージを送ろうとしたとき、ようやく地図上のアイコンが動き出した。

（やっとかよ）

女の子だからと優しい気持ちを抱いていたはずが、綺麗さっぱり消えてしまった。チップなど絶対に払うものか、いっそ最低の評価を付けてやると、怒りすら湧いていたのである。

移動がやけにのろのろだったため、配達員が到着するまで、それからさらに十分も要した。

来客のチャイムが鳴る。モニターに映ったのは、あの顔写真の女の子に間違いなかった。

『保科様ですか？　配達に伺いました』

オドオドした声で告げられる。予定時間をかなりオーバーし、本人でもまずいとわかっているのだろう。

「遅いよ。すぐに持ってきて」

インターホン越しに冷たく言い放ち、マンションの入り口を開ける。ここまで来たらさらに文句を言ってやろうと、源太はドアを開けて待ち構えた。

ところが、現れた配達員を目にするなり、愕然とする。

大きなバッグを背負った彼女は、ピンク色のツナギを着ていた。動きやすさを考えて選んだのであろう。足下はスニーカーで、頭にはキャップを被っている。

ところが、ツナギの向かって右側が泥で汚れ、腕と脚の側面が大きく破れていたのである。しかも、覗いている肌には血が滲んでいた。

「ちょっと、どうしたの？」

思わず声をかけたものの、訊くまでもなかったであろう。明らかに転倒したのだ。

「……すみません。遅くなりました」

涙目で謝られ、源太はすっかり怒る気を無くしたのである。

2

とりあえず部屋に招き入れたのは、手当てをするためだ。このまま帰すなんてできない。

「さ、こっちに来て」

リビングに招き入れると、彼女——二階史奈と名乗った——は、恐縮して肩をすぼめた。

「すみません。ご迷惑をおかけして」

「そんなことはいいから。あ、ここに坐って」

カウチを勧めると、史奈がバッグを脇に置き、顔をしかめながら腰をおろす。からだのあちこちが痛むようだ。見た目以上に重傷かもしれない。

源太は急いで救急箱を取り出した。彼女のそばに膝をつき、手当てしようとしたものの、さてどこから手をつければいいのかと困惑する。

「ああ、だいぶ派手にやっちゃったね」

見えている傷そのものは、さほど深くない。擦り剝けて赤くなり、一部出血しているぐらいだ。

ただ、ツナギはかなりボロボロである。もともと丈夫な造りのものが、ここまで破れるということは、転んだときにどこかに引っ掛けたのではないか。

「自転車に乗ってたの？」

「はい……急に猫が飛び出してきて、それで」

よけようとハンドルを切り、スリップしたらしい。

「それで、自転車は？」

「チェーンがはずれて、ハンドルも曲がっちゃったので、その場所に置いてきました」

「てことは、ここまで歩いて？」

「はい……」

どうりで、進み具合が遅かったわけだ。

「あ、配達の品物を――」

思い出して、史奈がバッグを開ける。だが、こんな怪我をするほど転んで、無事なわけがない。

案の定、上海焼きそばは容器から麺がはみ出し、麻婆豆腐は半分近くがこぼれていた。餃子はぐしゃぐしゃ。かろうじて無事なほうだった酢豚も、容器がひしゃげて汁が垂れていた。

ただ、こぼれたぶんを除けば、食べられないわけではない。

「申し訳ありません。こんなにしてしまって」

テーブルに置かれた料理を見て、彼女が涙目でしゃくり上げる。源太は「だいじょうぶだから」と慰めた。

「崩れてたって、お腹に入ればいっしょだからさ」

「でも……」

「とりあえず、傷の手当てをしたいんだけど、これ、服をハサミで切ってもいいかな?」

そうしないと、消毒もできそうになかったのだ。

「……あの、だったら、脱いでもいいですか？」

史奈が怖ず怖ずと申し出る。源太は動揺した。

「いや、脱ぐったって――」

これは上下が繋がった服なのだ。脱いだら一気にすっぽんぽんになってしまうではないか。

いや、もちろん下着はつけているのだろう。それでも、あられもない姿を晒すのは避けられない。

「だったら、おれは向こうにいるから」

ここは本人に手当てを任せるしかないと思ったのである。ところが、

「でも、からだが痛くて、ひとりだと脱げそうにないんです」

手伝ってほしいと求められ、ますますうろたえる。

「だけど、いいの？」

意志を確認すると、彼女はこくりとうなずいた。

「是非お願いします」

言われるなり、喉がぐびりと品のない音を立てる。

（本当にいいのか？）

ためらわずにいられないものの、本人がそうしてほしいと頼んでいるのである。拒む理由はない。

そもそも、こっちは頼んだものを滅茶苦茶にされた被害者なのだ。多少はいい目に合わないと割が合わない。

（そうさ。これは役得だ）

思いかけて、源太はかぶりを振った。

（アホか。何を考えているんだよ）

怪我人を前にして、役得とはどういう料簡なのか。恥を知るがいいと自らを叱りつける。

すると、史奈がもじもじと身を揺すった。

「あの……だいじょうぶですから」

「え？」

「中に、ちゃんとインナーを着てますので」

どうやら見られてもかまわないものを、内側に着用しているらしい。だからこそ、自分から脱ぐと言ったのだ。

（なんだ、そういうことか）

源太は安堵した。同時に、ちょっとがっかりする。

史奈が前のファスナーをおろす。胸元から下腹近くまで、一気に。

「これだと、トイレのときは大変じゃない？」

そんなことを訊ねたのは、何かが見えたわけでもないのに、気まずさを覚えたからだ。

「いえ、そんなことないです。後ろのほう、腰のところに横に開くファスナーがあって、おしりを出せるようになっているので」

「あ、そうなの？」

どうやら女性用のつなぎらしい。よく見れば、合わせが男とは反対であった。

史奈が前を開くと、黒いインナーがあらわになった。言ったとおり、ちゃんと中に着ていたようである。

「うう」

つなぎを肩からはずそうとして、彼女が顔をしかめる。転んで打ったところが痛むようだ。

「だいじょうぶかい？」

源太は声をかけ、腕を抜くのを手伝ってあげた。

黒いインナーはTシャツであった。ロゴもイラストも入っていない、シンプルなものだ。

にもかかわらず、妙にドキドキしてしまったのは、若いボディが甘酸っぱい香りを漂わせたからである。

おそらく、もっと早い時間から、配達で走り回っていたのだろう。そのため汗をかいて、男心をくすぐるパフュームをさせているのだ。

(女の子って、どんなときでもいい匂いがするんだな)

などと、思春期の少年みたいな感想を持つ。瑞紀もそうだったなと、未練がましい感傷にもひたった。

しかし、今はそんな場合ではない。

「これで顔を拭いて」

源太は彼女にウエットティッシュを渡した。顔にも汚れがついていたからだ。

「すみません」

本人もわかっていたのか、鏡を求めることなく、的確な場所を丁寧に拭った。

メイクはしていないようだ。

その間に、傷用の消毒薬を、脱脂綿に垂らす。

「ちょっと沁みるかもしれないよ」

声をかけてから、二の腕の擦りむいたところに脱脂綿を軽く当てた。

「うっ」

史奈が声を洩らし、身を堅くする。やはり沁みたらしい。それでも泣き言を口にせず、下唇を嚙んで耐える姿は、痛々しくも健気だ。

源太は落ち着いて手当てを進められた。消毒薬の匂いのおかげで、彼女のかぐわしさを気にしなくて済んだからだ。

あとは綿棒を使って軟膏を塗る。血が滲んでいたところには絆創膏を貼った。

強くぶつけたのか、前腕に痣があった。

「ちょっと待ってて」

冷蔵庫から保冷剤を持ってきて、ガーゼに包んで患部に当てる。

「ここ、しばらく冷やすといいよ」

「はい……すみません」

史奈がクスンと鼻をすする。痛むのではなく、親切にされて感激しているようだ。

負った傷は、脚のほうが深かった。

声をかけると、彼女がうなずいてそろそろと立つ。すると、つなぎが自重で腰から滑り落ちた。

「下も脱げる?」

さっき史奈は、中にインナーを着ていると言った。そのため、下も見られてかまわないものを穿いているのだと、源太は思っていた。

実際、つなぎが床まで落ち、下肢があらわになっても、彼女は恥ずかしがらなかったのである。

意外と女らしく張り出した腰を包むのは、短パンと同じ形状の薄物だ。色は濃いめの灰色。スポーティなそれを、最初は見せパンの類いかと思った。下着の上に着用しているものだと。

(いや、違うぞ)

デザインこそセクシーではなくても、かなり薄手だ。普通に下着ではないのか。おまけに太腿も肉感的で、目のやり場に困る。

もっとも、史奈は特に気にしていない様子で、再びカウチに腰をおろした。

いいのかなとためらいつつ、源太はつなぎを足からはずした。爪先が黒ずんでいたソックスも脱がしたのは、無意識にしたことであった。

そのとき、蒸れた汗の臭気が鼻腔に忍び入り、胸が高鳴る。どことなく埃っぽい感じもあるそれは、彼女の素足からたち昇るものだった。

(こんな可愛い子でも、足が匂うのか！)

当たり前のことだと頭では理解しつつも、ときめかずにいられない。ちんまりした爪先を捧げ持ち、鼻に押し当てて嗅ぎたくなったが、ぐっと堪えた。それは変態の所業だ。

(ええい、落ち着け)

膝から臑にかけての傷を消毒し、軟膏を塗る。擦りむいた範囲が広く、膝の横に深めに切ったところもあったため、ガーゼを当てて包帯を巻いた。

「ちょっと大袈裟かもしれないけど、ばい菌が入ったら困るからさ」

「すみません。ありがとうございます」

史奈の表情は、ここへ来たときよりも和らいでいた。傷の手当てをされて、痛みも楽になったのではないか。

そのため、源太もあれこれ質問しやすくなった。

「二階さんって、いくつなの？」

「年ですか？　二十一です」

「学生さん？」

「いえ、フリーターです。今はこの配達と、コンビニでも働いてます」

「そっか。大変そうだね」

ねぎらうと、史奈が恥ずかしそうに「いえ」と首を振る。俯いて、太腿に置いた手を撫でるように動かした。

そのとき、不意に気がつく。彼女の膝が離れて、下着のクロッチが見えていたことに。

薄手のそれは股間に喰い込み、縦ジワをこしらえている。腿の付け根と接する裾のところは、汗を吸ったらしく色が濃くなっていた。

さらに中心部には、シワに紛れるように濡れジミがあったのだ。

(やっぱりこれ、見せパンじゃないぞ)

中にもう一枚穿いていたら、こんなシミはできないのではないか。

短パンかボクサーブリーフみたいなデザインだから、見られても恥ずかしくないのか。それでも、源太にとっては充分にそそられるものだ。いけないと知りつつも、凝視してしまう。

「あの――」

ためらいがちに声をかけられ、ギョッとする。

「え？　あ、ああ、なに？」

うろたえて返答した途端、頬が熱く火照った。股間をじっと見ていたのを、咎められると思ったのだ。

けれど、そうはならなかった。

「転んだときに背中も打ったみたいで、少し痛むんです。痣になってないか、見ていただけますか？」

「あ、うん。いいけど」

「お願いします」

そう言って、史奈が背中を向ける。Tシャツの裾に手をかけて、ゆっくりとずり上げた。

白い背中があらわになる。汗ばんでいるであろう肌の、なまめかしい匂いがむせ返りそうに強まり、消毒薬の名残をかき消した。

おまけにブラジャーのアンダーベルトが見えて、大いにうろたえる。

さすがに、Tシャツを完全に脱ぐことはなかった。それでも、肩甲骨のところまで肌があらわになれば、裸も同然である。

(けっこういいカラダをしているぞ)

くびれたウエストから、豊かな腰回りへ続くなめらかなラインに魅せられる。パンティは思ったよりも穿き込みが浅く、おしりの割れ目が覗きそうだ。

そのため、抱きつきたくなるのを抑えるのに、かなりの自制心を要した。

「ど、どこが痛いの?」

喉が渇いて、言葉がうまく発せない。それでもどうにか訊ねると、

「……右の脇腹です」

と、掠れがちな声の返答がある。彼女のほうも、男の前で肌を晒す羞恥に耐えているのではないか。

(ちゃんと見てあげなくちゃいけないんだぞ)

自らに言い聞かせ、カーブを描く脇腹に視線を注ぐ。特に痣も傷も見当たらなかった。

「ここかな?」

最もくびれたあたりにそっと触れると、史奈が「ひっ」と声を上げた。

「あ、ごめん。痛かった?」

「いえ……くすぐったかったので」

他人にさわられたらこそばゆい場所ゆえ、反応してしまうのは仕方がない。源太のほうも遠慮がちだったから、余計に感じてしまったのではないか。

「今のところは違うの？」

「ええと、もう少し上」

言われて、今度はぺたぺたと強めに触れる。

「ここ？」

「あ、はい」

返事と同時に身をよじったから、痛みがあったのかもしれない。

「見た感じは変わったところはないし、軽い打ち身じゃないかな。湿布でも貼っておく？」

「いえ、だったらそのままでだいじょうぶです」

痣ができていないとわかって、安心したらしい。たくし上げていたTシャツをおろした。

肌が隠れてホッとしたのも束の間、史奈が背中を向けたまま、ためらいがちに顔だけを後ろに向ける。

「あの……もう一箇所、見ていただけますか？」

「うん。どこ？」

「……おしりなんですけど」

頬を染めて告げられ、源太は頭が沸騰するかと思った。

「お、おしりって」

「右のほっぺたの、真ん中あたり」

そこまで言って、彼女がからだを前に倒す。カウチの上に膝と肘をついて、四つん這いのポーズを取った。

灰色のインナーに包まれた丸みが差し出される。けっこうボリュームがあり、自転車の小さなサドルだと、かなりはみ出すに違いない。などと、どうでもいいことを考える。

（あ、やっぱり濡れてる）

クロッチの中心に、いびつなかたちのシミがある。生々しい痕跡を目にしたせいか、淫靡な匂いも強まった気がした。

エロチックな光景に目を奪われた源太であったが、

「お願いします」

くぐもった声に続き、ヒップが左右にくねったことで我に返る。

（いや、お願いって——）

つまり、脱がせて確認しろというのか。

降って湧いた展開で有頂天になれるほど、源太はおめでたくなかった。初対面の男に、どうしてここまで気を許すのかと、頭が疑問符だらけになる。

（手当てしてくれたお礼に、おしりを見せるってことなのか？）

などと考え、そうじゃないだろと自らにツッコミを入れる。

彼女はぶつけて痛むところが、どうなっているのか知りたいだけなのだ。誘惑するつもりで、尻を差し出したわけではない。

そもそも、こちらは倍近くも年上なのである。手当てしてもらったことで信頼感が芽生え、史奈のほうも年の離れた兄か、いっそ父親にでも頼るような心境になっているのだろう。

ならば、ここは信頼に応えるべきである。

（そうさ。おしりを見るぐらい、どうってことはないんだ）

Tバックの水着や下着は、すでにポピュラーなものになっている。世の女性たちは、臀部を見られることに抵抗などないのだ。

それに、ためらっていたら、いい年をして度胸がないと蔑まれるかもしれない。ここは大人の男らしく、堂々と振る舞うべきである。

「じゃあ、脱がせるよ」

予告して、灰色の薄物に両手をかける。脱がせ過ぎないよう、慎重にずり下ろした。

ふっくらした双丘が、徐々にあらわになる。それにつれて動悸が激しさを増し、源太は息苦しさを覚えた。

丸みの頂上を過ぎたところで、このあたりかと下げるのをやめる。それ以上進めたら、秘められたところまで見えそうだったのだ。

もっとも、小さなツボミは、すでに視界に入っていたのだが。割れ目は谷底に色素が沈着しており、汗らしききらめきも見えた。

（ああ、可愛い）

二十一歳の秘肛は、右脇にホクロがあった。いけないものを想像しそうになり、胸の鼓動がさらに大きくなる。

「ええと、ここ？」

言われた場所、右側の中心あたりを、揃えた指で軽く押してみる。

「あ、はい。そこです」

「こうすると痛い？」

少し強めに圧迫すると、「少しだけ」と返答があった。

「やっぱり打ち身だろうね。傷も痣もないし」

「ホントですか？」

「うん。綺麗なおしりだよ」

言ってから、何を言っているのかと恥ずかしくなる。だが、産毛の光る若い肌は、くすみも吹き出物もなくなめらかで、本当にそう思ったのだ。

「あ、ありがとうございます」

史奈が礼を述べるなり、尻の谷がキュッとすぼまる。もしかしたら、アヌスを見られていることに気がついたのか。

源太は慌てて視線をはずした。すると、彼女がからだを起こす。パンティが半脱ぎのまま、カウチに腰をおろした。

（え？）

源太はドキッとした。潤みがちな目で、じっと見つめられたからだ。

「すみませんでした。何から何まで」

改めてお礼を口にされ、居たたまれなくなる。

「い、いや、どういたしまして」

不意に罪悪感を覚えたのは、若い娘の肛門を見た後ろめたさからか。

だが、脱がしてくれと言ったのは彼女である。あれは事故というか、必然的にそうなっただけなのだ。

自らの行ないを懸命に正当化していると、史奈がふと視線を落とした。そして、目を大きく見開く。

（何だ？）

彼女の視線を追った源太は、大いにうろたえた。いつの間にそうなっていたのか、股間に欲情のテントができていたのだ。

3

通勤やウェブ会議のときはスーツでも、在宅ワークではラフな服装である。そのまま寝間着代わりに寝てしまうこともあった。

今着ているのも、黒いジャージである。昨日も着ていて、仕事のあとでそのままベッドに入り、起きて同じ格好のまま仕事を続けた。素材が柔らかで、着心地がいいからだ。

そのため、イチモツの変化も丸わかりだったのである。

「あ、いや、これは」

源太は焦り、両手で股間を隠した。頬が赤く染まっているのが、自分でもわかった。

強ばっていた史奈の表情が和らぐ。見開かれていた目に、優しい光が宿った。

「いいんですよ」

告げられた言葉の意味を、源太はよく理解できなかった。親切ぶって傷の手当てをしておきながら、浅ましく欲情したのである。非難されて当然なのに。

すると、彼女がカウチから床に降りる。まだ打ったところが痛むのか、そろそろと注意深く。

「ここに坐ってください」

「え？」

「さあ」

促されて、源太は代わってカウチに腰掛けた。素直に従ったのは、弱みを握られた気になっていたからだ。

「あうっ」

甘美な電流が走り抜ける。史奈が牡の高まりに手をかぶせたのだ。

「すごい……こんなに勃ってる」

布越しに牡器官を包み込み、手指に強弱をつける。まさか弱みばかりか、チ×ポも握られてしまうなんて。

「ひょっとして、わたしのおしりを見てこんなになったんですか？」

真っ直ぐな問いかけに、源太は「うん、たぶん」とうなずいた。その前に下着のシミや、彼女の飾らない体臭にも昂奮させられたのであるが、そんなことまで知られたくなかった。

「よかった……」

「え？」

「だって、女として魅力を感じてくれたってことなんですから」

好きな男ならいざ知らず、こちらは単なる配達のお客でしかないのだ。どうしてそこまで前向きな考えが持てるのだろう。

（こんなに可愛いんだし、モテるはずなのに）

コンビニでもアルバイトをしていると言ったが、同僚やお客にも好かれているに違いない。うだつの上がらない四十男に、好意的な態度を示したところで、何の得もないのだ。

まさか、配達の品を駄目にされても怒らず、怪我の手当てまでしてくれたものだから、惚れてしまったというのか。

（……いや、それはないな）

初対面の若い子の気持ちを摑めるほどの男ではないと、誰よりも自分がよくわかっている。

「え、ちょっと」

源太は狼狽した。史奈がジャージズボンに両手をかけたのである。

「おしりを上げてください」

やはり脱がせるつもりなのだ。

「いや、でも」

「保科さんだって、わたしのパンツを脱がせたんですよ」

許さないのは公平ではないと言いたいのか。けれど、あれは彼女のほうからそうしてくれと頼んだのである。

などと反論しづらかったのは、やはり恥ずかしいところ——アヌスを暴いた負い目があるからだ。

仕方なく尻を浮かせると、ジャージズボンをずり下げられる。しかも、中に穿いていたブリーフも一緒に。

「あ——」

咄嗟に阻止しようと手を出したものの、それよりも早く爪先から抜き取られてしまった。

(うう、そんな)

牡のシンボルがあらわになる。隆々とそびえ立つモノを即座に隠そうとして、源太は思いとどまった。さっきからうろたえてばかりの自分が、みっともなく思えてきたのだ。

(おれは何も悪いことをしていないんだ。ビクビクする必要はないんだぞ)

むしろ大人の男らしく、ここは悠然と構えるべきなのだ。そう思ったものの、屹立にしなやかな指を回され、「あうう」とだらしなく呻く。

同時に、まずいことに気がついた。

未明まで仕事をしたあと、源太は疲れていたため、シャワーも浴びずに寝てしまった。起きてからも、歯を磨いただけである。

最後にシャワーを浴びたのはおとといで、股間は蒸れた燻製臭を放ち、ペニスもベタついていた。握られた感触からわかるのだ。

何かするのなら、洗ってからにしてもらいたい。シャワーが無理でも、せめてウエットティッシュで清めるとか。

そう提案する間もなく、愛らしい面差しがそそり立つモノに接近した。

「あ、待って」

声をかけたものの、敏感な器官を強く握られて腰砕けになる。柔らかな手指が、漲りきった分身と溶け合うようだった。

「すごく硬いですね」

「に、二階さん」

「史奈って呼んでください」

より親しみの持てる呼び方を提案し、彼女は鼻先を赤く腫れた亀頭に寄せた。最も汚れと臭気が強いくびれ近くで、小鼻をふくらませる。

「男のひとの匂い……」

つぶやかれ、居たたまれなさが募る。自分でも辟易するような生々しい男根臭を、二十一歳の娘に嗅がれてしまったのだ。

しかしながら、愛らしい容貌に不快の色は浮かんでいない。むしろうっとりしているふうであった。

（え、くさくないのか？）

戸惑いながらも、背すじが妙にゾクゾクする。辱められている感じは、ほとんどなかった。

もしかしたら男も女も、異性の匂いに惹かれるようになっているのだろうか。源太自身、隣の人妻や二十七歳の部下、それから史奈の飾らない体臭に、激しく昂ったのである。

そうだとしても、あからさまな男くささを暴かれて、恥ずかしいことに変わりはない。

「あの……無理しなくていいんだよ」

声をかけると、史奈がきょとんとした表情で見あげてくる。

「え、何がですか？」

「いや、食べ物をこぼして悪いと思っているのなら、べつに気にしなくてもいいからさ」

お詫びのつもりでこんなことを始めたのだと、ようやくわかったのである。ところが、彼女が悲しげな顔を見せる。

「……そういうことじゃないんですけど」

「え？」

「保科さんは、わたしの怪我を手当てしてくれましたよね？」

「うん」

「だから、今度はわたしが保科さんを手当てする番です」

そこは怪我をして腫れたわけじゃないと、説明しようとして思いとどまる。そんなことは、言われずともわかっているのだ。

（つまり、善意でこうしてるっていうのか？）

さりとて、怪我人の救護と欲望の処理は、種類がまったく異なる。単なる善意で受け止められるようなことではない。

本当は無理をしているのではないか。訝る源太にはお構いなく、史奈が唇をOの字にする。ふくらみきった丸い頭部を、躊躇なく口内に迎え入れた。

「え、史奈ちゃん――あ、ああっ！」

源太はのけ反り、腰をガクガクと揺すり上げた。

舌が回る。敏感な粘膜に温かな唾液がまといつけられ、ちゅぱッと音を立てて吸い取られた。

(嘘だろ……)

目のくらむ快感に翻弄され、源太は胸を大きく上下させた。酸素の供給が追いつかず、胸が苦しい。

見た目は愛らしくても成人女性であり、セックスの経験も当然ながらあるのだろう。でなければ、自ら牡のシンボルを握るなんてできるはずがない。けれど、いきなりフェラチオまでやってのけるなんて。しかも洗っていない性器を、嫌がることなくしゃぶっている。

ピチャピチャ……チュウッ——。

奉仕する口許から、卑猥な音がこぼれる。それはそのまま、与えられる悦びの音色でもあった。

「ん……ンふ」

こぼれる鼻息が、屹立の根元に逆立つ陰毛をそよがせるのにも、背徳感を禁じ得ない。源太は否応なく、悦楽の波に巻かれていった。

まだ若いからか、彼女は吸茎しながら玉袋を弄ぶようなテクニックは披露しな

のままだった。ただ硬肉に舌を絡みつけ、熱心にねぶり回すのみ。根元に巻きつけた指もそ

　それでも、会ったばかりの女の子に淫らな施しをされるというシチュエーショ
ンだけで、源太はぐんぐん高まった。

「も、もういいからさ」
　頂上が迫るのを悟り、焦って声をかける。しかし、口ははずされない。
　それどころか、史奈は頭を上下に動かして、いっそう熱心に吸いたてる。イキ
そうなのだとわかって、このまま最後まで導くつもりなのか。

「あの、本当に、もう出ちゃうから」
　情けないとわかりつつ、差し迫っていることを訴える。すると、唇がキュッと
すぼめられた。

「あ、あ、ああっ」
　摩擦係数が上がり、上昇が急角度になる。もはや爆発は時間の問題だ。
（口に出させるつもりなのか？）
　そうしたいのはやまやまでも、こんな若い子の清らかな口を、青くさい粘液で
穢(けが)すのは申し訳ない。仮に、以前にも口内発射の経験があるのだとしても、罪悪

感を抱かずにいられなかった。

乱れる心を無視して、カウントダウンが始まる。高まった波が襲来し、源太はハッハッと息を荒ぶらせた。

「駄目だ。いく」

目の奥が絞られる感覚があり、熱いものがペニスの中心を貫いた。

「おおおっ」

ビクッ、ビクッと、四肢がわななく。それに合わせて、熱情のエキスがほとばしった。昨日はオナニーをしなかったから、かなり濃厚だったのではないか。

「ん――」

その瞬間、身を強ばらせた史奈であったが、すぐに舌の動きを再開させた。溢れるものをいなし、すすっているのがわかる。

(ああ、そんな……)

申し訳なくてたまらないのに、快感は大きかった。吸いたてられる秘茎から、魂も一緒に抜かれる気分を味わうほどに。

そのため、歓喜の高みから下降するなり、脱力してカウチに沈み込んだ。

「ふはっ、ハッ、はふ――」

呼吸がなかなかおとなしくならない。フル稼働させられる肺が、いい加減にしろと怒っているかに感じられた。

軟らかくなりつつある牡器官から、史奈がそろそろと口をはずす。すぼめた唇が過敏になった亀頭粘膜をこすり、駄目押しの甘い刺激を与えられた。

「ふう」

深いため息が聞こえてハッとする。焦点の合いづらい目を彼女に向けると、照れくさそうにほほ笑むのがわかった。

「美味しかったです。保科さんのオチ×チンも、それから精子も」

飲んでしまったのだ。いかにも喉に絡みそうな、あんなドロドロしたものを。

「ご、ごめん」

思わず謝ってしまうと、愛らしい娘が首を横に振る。

「いいえ。わたしがしたかったんですから」

だからと言って、これで終わらせるわけにはいかなかった。

4

お返しを申し出ると、史奈は戸惑いをあらわにした。

「わたしはもういいんです。ちゃんと手当てしてもらいましたから」

もちろん、そんな言い分は聞き入れられない。

「おれはものすごく気持ちよかったし、身も心も満たされた気分なんだ。こっちは消毒したり薬を塗ったりしただけなのに、あそこまでしてもらったんじゃ釣り合いが取れないよ」

「だけど、わたしはお料理をダメにしちゃったし……」

やはりそのことを気にかけていたのだ。

「だったら、料理の代わりに史奈ちゃんを食べさせてよ」

我ながらオヤジくさい言い回しだと、恥ずかしくなる。それでも、彼女にエッチなお返しができるのなら、恥も厭わない。

「……わかりました」

渋々というふうに受け入れた史奈のTシャツを、源太は奪うように脱がせた。

ブラジャーのホックもはずす。

「あんまり見ないでください」

泣きそうに顔を歪めながらも、彼女はブラのストラップを肩からすべり落とした。受け入れる覚悟はできたらしい。それでも、

「あの……最後までは無理です」

と、肉体を繋げることは拒んだ。

源太とて、無理強いして犯すつもりは毛頭ない。気持ちよくなってもらいたいだけなのだ。

まあ、若い肉体を味わいたいというスケベ心も、もちろんあったけれど。

カウチに横になった史奈の、まずは乳房を真上から眺める。なかなかボリュームがあり、仰向けになっても綺麗なドーム型を保っていた。乳輪は小さめながら、肌との境界がはっきりした色合いだ。

(おしりの穴も、こんな色じゃなかったっけ?)

さっき目にしたアヌスを思い出す。瑞紀もそうだったが、乳頭と肛門は色素が共通しているのだろうか。

「あの……わたしの乳首、色が濃くないですか?」

史奈が心細げに訊ねる。けっこう気にしているのだろうか。

「そんなことない。普通だよ」

「そうですか?」

「うん。すごく綺麗なおっぱいだ」

「やん」

褒められて、逆に居たたまれなくなったらしい。彼女は両腕を平行に重ね、顔を隠してしまった。

それにより、腋の下があらわになる。

処理を怠っていた、瑞紀のその部分が脳裏に蘇る。史奈はそんなことはなく、わずかに黒いポツポツがある程度だ。

ただ、汗でじっとりと濡れ、酸っぱみの強いパフュームが顕著である。顔を寄せなくても感じられるほどに。

(頑張って働いていたんだな)

もっとも、パンティの裾にも濡れたあとがあったから、汗っかきなほうなのかもしれない。

男ならただ汗くさいだけでも、愛らしい女の子の正直な匂いは、それだけで貴重だ。心ゆくまで嗅ぎ回りたくなる。

その願いを容易に叶えられる状況にあるのに、おとなしくして見ているだけなんて無理に決まっている。

心の命ずるままに、源太は白い腋窩に顔を埋めた。

「え──」

史奈が声を洩らし、半裸のボディをピクンと波打たせる。何が起こっているのか、まだ理解していない様子だ。

それをいいことに、濃密な汗の香りを思う存分吸い込む。

(ああ、素敵だ)

甘ったるい乳くささを含んだそれは、ヨーグルトを連想させる。鼻奥にツンと刺激があるのすら好ましい。

さっき、彼女のソックスを脱がせたとき、爪先が匂ったのを思い出す。あっちも嗅いでみたいなと思ったとき、

「ちょっと、何してるんですか!?」

史奈が焦った声を上げる。顔を隠していた腕をほどいたらしく、源太の背中を咎めるように叩いた。

さすがに、腋の匂いを嗅いでいるなんて知られたら、彼女も幻滅するだろう。だったら何もさせないと、逃げられてしまう恐れもある。

源太は舌を差し出し、ほんのり塩気のある汗を舐め取った。

「きゃふッ」

鋭い声がほとばしり、若い女体が強ばる。さらにペロペロと舐めれば、イヤイヤをするようにくねり出した。

「だ、ダメぇ、くすぐったい」

背中も頭もぽかぽかと殴られて、源太は顔をあげた。

「え、気持ちよくない？」

何食わぬ顔で問いかけると、史奈は涙目で息をはずませた。

「まさか……く、くすぐったいだけです」

「ホントに？　ここは神経が集まってるから、感じやすいはずなんだけど」

適当なことを述べたのは、舐めるのが目的だったと思わせるためだ。

「他のひとは知りませんけど、わたしは気持ちよくなかったです」

信じてくれたらしく、彼女が素直な感想を口にする。だが、やはり汗をかいていたのが気になったようで、

「そんな汗くさいところ、舐めなくてもいいのに……」

と、上目づかいでなじった。

「そう？　全然気にならなかったけど」

正直なかぐわしさを堪能したことを包み隠し、平然と答える。おかげで、史奈も安心したようだ。

「じゃあ、こっちは感じるのかな？」

今度は薄茶色の乳頭に口をつける。

「ああん」

甘い喘ぎを洩らし、二十一歳が裸身を波打たせた。再び両腕で顔を隠したのは、感じている表情を見られたくないからか。

事実、舌づかいに呼応して、息づかいがはずんでいる。おっぱいは普通に快いようだ。

（腋の下だって、案外感じてたんじゃないのかな？）

最初はくすぐったくても、快感に取って代わることだってあり得る。単に匂いが気になって、それどころではなかったのかもしれない。

今後もお付き合いができるようなら、是非とも開発したい。もちろん、目的は舐めるよりも、嗅ぐことにあるのだが。

　硬くなって存在感を増した乳首を吸い舐めながら、これからの展開を妄想する源太である。けれど、調子に乗らないほうがいいなと思い直した。

　お隣の人妻に会社の部下と、それなりに繋がりのあった女性たちですら、一度きりで終わったのである。まして、たまたま配達をしてくれた史奈と、性的にふれあえたからと言って、長く付き合えるはずがない。

　どうせ刹那（せつな）の関係なのだと割り切って、拒まれても腋を嗅ぎ続ければよかったかもと後悔する。もっとも、それで逃げられたら、よりかぐわしいところ――秘め園を堪能できない。

　ここは慎重に進めるのがベターなのだと、悦びを与えることに集中する。反対側のおっぱいに口を移し、唾液に濡れた突起は指で摘まんで転がした。

「ああ、あっ、くううう」

　両乳首を同時に愛撫され、よがり声が大きくなる。若くても性感は充分に発達しているようだ。それこそ腋の下だって、念入りに愛撫したら歓びに目覚めるかもしれない。

　感じることで肉体が火照ったのか、柔肌がいっそう甘酸っぱい香りを漂わせる。

谷間にも細かなきらめきが浮かんでいるから、やはり汗っかきのようだ。

このぐらいならいいかなと、谷間の汗をペロリと舐める。不思議と塩気よりも、甘みのほうが強かった。

「ああん、もう」

咎める声にドキッとする。まずかったかなと上目づかいで確認すると、史奈が焦れったげに眉根を寄せていた。

「……おっぱいはもういいですから」

どうやら新たな刺激がほしくなったらしい。となれば、狙う場所はひとつだ。

「わかった」

源太は身を剝がすと、最後の一枚に手をかけた。すでに半ケツの状態だったから、簡単に脱がせることができた。

「うう……」

史奈が呻いて身を縮める。頰が赤い。一糸まとわぬ姿にされて、さすがに恥ずかしいのだ。

それでも、あらわになった秘苑を隠そうとしない。そこを愛撫してほしいからだろう。

そのとき、ふと妙案が浮かぶ。

「ねえ、さっきと同じ格好になってよ」

「え？」

「四つん這いになって、おしりを向けてくれれば、アソコをさわりやすいし」

この提案に、彼女は逡巡をあらわにした。すでに同じポーズを取ったあととは言え、今はすべて脱いでいるのである。それでは恥ずかしいところがまる見えになってしまう。

もっとも、仰向けのままでいても、どうせ全部見られるのだ。

「……保科さんのエッチ」

なじりながらも、史奈は指示どおり四つん這いになった。その格好なら顔を見られずに済むからだろう。

カウチの上で膝と肘をつくと、案の定、彼女は腕に顔を伏せてしまった。そのため、ヒップが高く掲げられる。

さっきも目にした可憐なツボミが晒される。さらに、そのすぐ直下には、神秘の花園も。

（あれ、生えてない？）

源太は目を瞠った。あるべきはずのヘアが、一本も見当たらなかったのだ。ぷっくりした肉まんじゅうは、中心にスリットが刻まれている。はみ出しはなく、合わせ目がわずかに赤らんだ、いたいけな眺めだ。

天然のパイパンではない。目を近づけて観察すると、腋窩にあったような黒いポツポツが確認できた。自分で剃っているらしい。

配達の仕事で自転車を使うため、股間がサドルにこすれたときに毛切れを起こさないように、処理をしているのか。そんな理由がふと浮かんだものの、本人に訊ねるのはためらわれた。

それに、淫らすぎる秘臭を嗅いで、そんなことはどうでもよくなる。

(これが史奈ちゃんの、オマ×コの匂い――)

腋の下はヨーグルトっぽかったが、女芯はチーズの趣だ。それもけっこうクセのある。

三、四日もシャワーを浴びていなかった瑞紀のアソコが、それほど匂わずに落胆したのを思い出す。そのぶん、愛らしい娘の、強めの臭気が嬉しかった。

「ううン」

史奈が呻き、焦れったげにヒップを揺する。早く気持ちよくしてと、無言で訴えた。

ならば遠慮なくと、無毛の恥割れにくちづける。

ピクン——。

ふっくらした双丘がわななないた。

舌を裂け目に侵入させると、わずかな塩気と粘つきが感じられた。匂いほどに味が強くないのは、むしろ好ましい。

飾らないかぐわしさで感動を与えてくれたお礼に、源太は蜜割れを慈しむようにねぶった。彼女が感じてくれるようにと願いつつ。

ところが、

「え、ちょっと——」

史奈が焦りをあらわにし、腰をよじる。気にせず若尻に密着し、秘唇を舐めていると、「イヤッ！」と悲鳴が聞こえた。

「だ、ダメ、舐めないでっ！」

明確に拒まれて、源太は戸惑った。素直におしりを差し出したから、てっきりクンニリングスも許可したと思っていたのに。

（指でいじってもらうだけでいいっていうのか？）

しかし、それよりは舌のほうが快いはずだ。

源太はかまわず、お口の奉仕を続けた。逃げられないように、おしりを両手でがっちりと固定して。

より深いところを抉るように味わうと、トロリとして甘い果汁が舌に絡みつく。それを音を立ててすすると、

「くぅうーン」

彼女が仔犬みたいに啼き、総身を震わせた。感じているのだ。そのくせ、抗って腰をよじる。

「ね、ねえ、ダメなんです、そこ……き、キタナイし、くさいからぁ」

仕事の真っ最中だった性器がどんな匂いをさせているのか、わかっていると見える。けれど、それを男が好むとは知らないのだ。

気にしなくていいと伝えるために、より快いポイントを探る。淫裂のわりあい深いところにあった秘核をほじり、重点的に吸いねぶると、史奈の下半身がガクンと跳ねた。

「あ、あ、そこぉ」

弱点であることを白状し、尻割れを幾度もすぼめる。入り込んでいた源太の鼻

面を、咎めるように挟み込んだ。

(こっちもいい匂いだ……)

臀裂の底は、蒸れたアポクリン臭が顕著である。もっと恥ずかしいパフュームも期待したのだが、あいにくと暴けなかった。

それでも充分に昂奮させられ、舌づかいがねちっこくなる。

「くあ、あ、あふふぅ」

史奈が喘ぐ。声を抑えようとしてか、カウチに突っ伏して「ふーふー」と息づかいを荒くした。もはや抵抗する意志はなくなったらしい。

鼻の頭が秘肛に当たっている。たかも、こっちも気持ちよくしてとせがむみたいに。

(おしりの穴を舐めたら、この子はどうなるのかな?)

瑞紀の桃色アヌスに舌を這わせたのを思い出す。嫌がられたものの、多少は性感を高める助けになっていたようだった。その前に、人妻の花帆のそこをねぶったときには、かなり感じていた。

史奈の反応も見極めたくて、女芯から口をはずす。クリトリスを指でこすりながら、舌で褐色のツボミを狙った。

味わおうとしているのは、自分の年の半分ぐらいしかない、若い娘の肛門だ。タブーを犯す気分にひたり、ひと舐めするなり尻肉が強ばる。放射状のシワもキュッと収縮した。

「うう」

彼女は小さく呻いただけで、特に抗う様子はない。状況がわかっていないのかと、ほじるように舌を使えば、臀部の筋肉がピクピクと痙攣した。

「う——ああ」

切なげな声が洩れ聞こえる。嫌がっている様子はない。むしろ快感を得ているのが窺えた。

(気持ちいいのかな?)

とは言え、秘核も指でこすり続けているのだ。そちらが気持ちよくて、よがっているだけとも考えられる。

どちらにせよ、感じているのならそれでいい。瑞紀がそうだったように、昇りつめてオシッコを洩らすかもしれない。

絶頂させるべく、舌と指をシンクロさせる。どちらもクチュクチュと音が立つほどに動かし、女体を歓喜へ誘う。

「ううう、あ、ああッ」

史奈が首を反らし、悦びの声をほとばしらせた。

肛穴はしっかり閉じていたが、しつこくねぶられ、唾液を塗り込められることでほぐれてくる。程なく、舌先が少しだけ入り込んだ。

「イヤッ！」

アナル舐めに、初めて忌避の言葉が発せられる。ところが、彼女は逃げようとしない。今は臀部に片手しか添えられておらず、激しく抵抗されたら為す術はなかったのに。

つまり、このまま続けてほしいのだ。

直腸内に侵入するのだけ控えて、二点責めを継続する。ふたつのバランスをあれこれ試みて、アヌスはソフトに、クリトリスはハードに刺激するのがお好みのようだと判明した。

「ああっ、あ、ダメダメぇ」

史奈が乱れる。下半身をガクッ、ガクッとはずませた。

（もうすぐだな）

熱心に奉仕する源太は、すでに復活を遂げていた。股間の分身は限界まで膨張し、反り返って下腹を打ち鳴らす。早くも先走りをこぼしているのが、亀頭がヌルヌルする感じでわかった。

つまり、それだけ昂っていたのである。若い娘の尻穴を舐めることに。

(おれ、本当に変態になったのかもな)

こんな趣味は、もともと持ち合わせていなかったのに。

隣の人妻、花帆と関係を持ってから、こうなったのである。女芯のあられもないフレグランスに惹かれ、彼女にされたお返しで、アナル舐めにも挑んだのだ。

だからこそ、そのあと瑞紀を相手にしたときにも、大胆になれたのだろう。もともと女性に関しては、積極的ではなかったのに。

女性が男によって性の歓びに目覚めるように、男も女性によって新たな世界を知るようだ。たとえ関係は続かなくても、学んだことは己の中で生き続けているのである。

そう考えれば、花帆や瑞紀のおげで、今の自分があると言える。変態になったとしても後悔しない。それは自分で選んだことなのだ。

ふたりから学んだテクニックで、同じ女性である史奈にお返しをするべく励む。思いを込めて秘肛を味わい、敏感な肉芽をこすった。

「だ、ダメ……イッちゃう」

いよいよ高みに至ったボディが、細かなわななきを示す。もう少しだと、源太は舌も指も緩めなかった。

「あ、あっ、イクッ、イクッ、イクイクイクイクぅ」

アクメ声を張りあげ、彼女が絶頂する。背中を弓なりにし、若い肢体をぎゅんと強ばらせた。

「うあ、あ、ふううう」

深い呼吸ののち、脱力する。からだをのばし、カウチに俯せた。

(イッたんだ)

源太はひと仕事終えた気分にひたった。

とりあえず口内発射のお礼はできたであろう。安堵しつつも、背中を上下させる史奈を見おろし、劣情を募らせる。くりんとしてかたちのよいおしりの、その深部にある蜜園に、猛るモノをぶち込みたくなったのである。

しかしながら、最後まではできないと、すでに彼女から通告されている。お願いすれば、手なり口なりで欲望を処理してくれるかもしれないが、せいぜいそのぐらいであろう。

残念だなと未練を嚙み締めたとき、史奈が顔を伏せたまま身じろぎする。

「……こんなはずじゃなかったのに」

つぶやきが聞こえるなり、源太は彼女の本当の目的がわかった気がした。

5

オルガスムスの余韻が抜けきらないまま、史奈がのろのろと身を起こす。カウチに坐り、焦点の合っていなさそうな目で源太を見た。

「イッたんだね？」

確認すると、コクリとうなずく。それから、両手で頰をおさえて恥じらった。

「すみません……はしたないところをお見せして」

「いや、そんなことない。すごく可愛かったよ」

などと言いながら、ペニスはギンギンだったのだ。彼女もそれに気がついて、焦ったように視線をはずした。

「ところで、デリバリーの仕事って、今はだいぶ厳しいんじゃないの？」

質問に、史奈は「そうですね」と答えた。

「ステイホームのあいだは忙しかったんですけど、そうじゃなくなったら、注文がガクンと減りましたから」

「じゃあ、チップを多めにもらわないと、やっていけないよね」

「……ええ、まあ」

彼女が落ち着かなく目を泳がせる。まずい状況だと悟ったらしい。

やっぱりそうかと、源太は確信した。

「だから、わざと料理を駄目にして、別のサービスでチップをもらおうと思ったんだね」

指摘すると、史奈が表情を強ばらせる。口を開きかけたのは、違うと否定しようとしてだったのか。

けれど、すぐさま諦めて、「はい……」と力なくうなずいた。どうやら嘘のつけない性格らしい。

(——まさか、この子がそんなことをするなんて)

その手口を、源太はネットで読んだことがあったのだ。女性の配達員が、転んだなどと嘘をついて、こぼしたり崩れたりした料理を届ける。当然、依頼主は怒るわけだが、だったら別のサービスをしますと性的な施しをするのである。

どんな人物が注文したのかというのは、届けるまでわからない。そのため、配達する料理の種類や量から推測するのである。性別や年齢ぐらいなら見当がつくし、高い店のものを頼むのなら、お金も持っているはずだと。

そうして、このひとならとターゲットにした男に取り入って、手や口で射精に導く。そこまでしてもらえば、男のほうもかえって悪かったねと数千円、場合によっては万単位のチップをはずんでくれるというわけだ。

料理を駄目にするのは、そういう状況に持っていきやすくするためだと、ネットの記事には書かれていた。

普通に配達をして、ついでにエッチなこともしてあげますなんて申し出ても、お客に警戒されるだけだ。いかがわしい行為に誘ってきたと、配達員として低評価をつけられる恐れもある。

しかし、料理のことを心から謝り、お詫びに奉仕しますとなれば、お客も提案を受け入れやすい。あとは健気なフリを装い、うまく演技をすれば、チップの上乗せが期待できるというわけだ。

その記事を読んだとき、源太はなるほどと思いながらも、あまり本気にしていなかった。いくら注文が減ってお金に困っても、そこまではやらないだろうと。

なのに、まさか自分がターゲットにされるなんて。

「いつもこういうことをしてるの?」

訊ねると、史奈は「いいえ」と首を横に振った。

「知り合いから、この方法でチップを稼いでいる子がいるって聞いて、そんなにうまくいくのならやってみようって思ったんです。最近、収入が減って困っていたので」

「おれが男の客だって、すぐにわかったの?」

「お昼過ぎの中途半端な時間に中華を頼むのは、絶対に男性だと思いましたし、分量的にも、ふたりぶんって感じじゃなかったですから」

「それで、わざと転んだんだね」

「はい。だけど、初めてで加減がわからなくて……ちゃんと転ばなくちゃいけないのかなと思ってやったら、思いっきりすべって怪我しちゃったんです」

負傷したのは、慣れていなかったせいなのだ。そのおかげで源太の同情を引けたのは、文字通りに怪我の功名と言えよう。

「おまけに、おれがお返しに気持ちよくしてあげるなんて言ったものだから、ますます計画が狂っちゃったわけだ」

だからこそ、こんなはずじゃなかったなんて、本音がぽろりと出てしまったのだろう。

「あと、アソコを舐められるとも思いませんでした」

「どうして？」

「汚れてたし、匂いだってしましたから……わたし、彼氏にアソコがくさいって叱られたことがあったんです。だから、だいじょうぶかなって」

源太は思わず顔をしかめた。史奈に酷いことを言った男に、怒りがこみ上げたからである。

「その彼氏とは、今も付き合ってるの？」

「いえ、別れました」

「ならよかった。別れて正解だよ。そんなデリカシーのないことを言うやつに、女の子と付き合う資格はないからね」

「でも、実際にくさいと思いますから」

気落ちした面持ちで彼女が言う。それだけ傷ついたのだ。

「おれは好きだけど、史奈ちゃんの匂い」

「え？」

「アソコだけじゃなくて、おっぱいも、おしりも、腋の下も。足の匂いだって、仕事を一所懸命頑張ってる証だと思ったし、もっと嗅ぎたかったぐらいだよ」

史奈が真っ赤になってうろたえる。そんなところまで嗅がれていたのかと、今さら理解したようだ。

「だから、おれがこのあとで払うチップは、エッチなことをしてもらったからじゃない。頑張り屋の女の子と、素敵な時間を過ごせたお礼だよ」

「……すみません。ありがとうございます」

目を潤ませ、鼻をすすった彼女に、源太は愛しさを覚えた。

「それから、配達以外のことでチップをもらおうなんて考えるのは、やめたほうがいいね。こんな怪我までしちゃったんだし、そもそも向いてなかったんだよ」

「わたしもそう思います」

「うん。さっきも言ってたものね。こんなはずじゃなかったって」

笑顔で告げると、史奈が気まずげに目を伏せる。それから、両手を太腿に挟んで、腰をもじもじと揺すった。

「あの……それって、別の意味もあったんです」

「え？」

「保科さんに気持ちよくしてもらってイッたんですけど、そのせいで余計にアソコがウズウズしちゃって――」

彼女が膝をそろそろと離す。おしりを前にずらし、秘められたところを目の前の男に見せつけた。

指で刺激されていた名残か、合わせ目が赤みを増している。しかも、じっとりと濡れていたばかりか、薄白い蜜汁を会陰のほうに滴らせていたのだ。

ぐぴッ――。

喉が浅ましい音を立て、源太は慌てて咳払いをした。そんなことでは誤魔化せなかったようで、史奈がじっと見つめてくる。

「……保科さんも、一回出しただけじゃ足りないですよね」

視線がチラッと下へ向けられる。分身が未だにそそり立ったままなのを思い出し、源太は両手で隠した。

もちろん、すでに手遅れだ。

「今度は、わたしの中でよくなってください」

史奈がカウチから立つ。気圧されて、尻をついて後ずさった源太の脚を跨いだ。

男の両肩を摑まえて、彼女が腰をそろそろと下ろす。対面座位で交わるつもりなのだとわかった。

源太もセックスがしたかったのだ。逃げる必要はない。何より、目の前の若い娘も求めているのである。

だったら受け入れればいいと、分身を挿れやすいように傾ける。その真上に無毛の蜜割れが降下し、亀頭に密着した。

「……いいですよね？」

緊張の面持ちで、史奈が了解を求める。源太は「うん」とうなずき、ナマ唾を呑んだ。

「それじゃ」

屹立に体重がかけられる。ふくらみきった亀頭が、温かく濡れた淵にもぐり込んだ。

「あん、ヌルッて入っちゃいそう」

史奈が怯えた目を見せる。肉の槍で、一気に貫かれそうで怖いのか。

(セックスをするのが、久しぶりなのかも)

暴言を吐いた男と別れて以来、ずっとしてなかったのかもしれない。

それでも、肉体の疼きを覚えて跨がってきたのである。ここで中止するなんて選択肢は、端っからなかったであろう。

「あっ、あ――」

焦った声を洩らしつつ、さらなる重みをかけてくる。丸い頭部が狭まりを圧し広げ、程なく抵抗が消え失せた。

「ああああっ！」

のけ反って声を上げた史奈が、完全に坐り込む。ペニスが根元まで濡れ穴に入り込み、甘美な締めつけを浴びた。

（ああ、入った）

感激と快感で、腰がブルッと震える。

「あん……いっぱい――」

声を詰まらせ気味につぶやき、史奈が深く息をつく。温かくてかぐわしいそれが顔にふわっとかかり、源太はうっとりした。

「それじゃ、動きますね」

両膝を立てて男の肩に摑まり、彼女がからだをはずませる。キュッとすぼめた蜜穴で、牡の猛りを摩擦した。

（うう、気持ちいい）

ねっとりとまといつく柔ヒダの感じがたまらない。

「ん、うっ、んふっ」

史奈は息をはずませながら、ヒップを上げ下げした。

ぬちゅッ、ちゅぷ——。

交わる性器が卑猥な音をこぼす。内部がいっそう熱を持ち、愛液も垂れているようだ。鼠蹊部がじっとりと濡れている。

「うう、お、オチ×チン、すごく硬い」

悩ましげに眉根を寄せた二十一歳が、大人の腰づかいで悦びを貪る。転んで打ったところは、もう何ともないようだ。

（ていうか、おしりを見せたのは、おれを誘惑するためだったんだな）

源太が本気で心配していたから、このままでは色めいた展開にならないと、あれこれ画策したのだろう。それこそ、つなぎを脱いだことも含めて。

お金のためにそこまでするなんて、やり過ぎである。ただ、そうも言っていられない事情があるのかもしれない。

史奈だけではない。生活が元に戻っても、未だ苦労しているひとびとは大勢いる。そのことを忘れてはいけないと思いつつ、源太は与えられる悦びに酔いしれた。この体位だとまったく動けず、受け身になるしかないのである。

(いや、そうでもないか)

両手で若尻を支えるように持ち、上下運動を手伝う。そればかりでなく、指を谷間にそっと忍ばせた。

「あ――いやぁ」

何かを悟ったか、史奈がなじり、丸みをくねらせる。それにもかまわず、可憐なツボミをくすぐった。

「ああっ、あ、ダメぇ」

アヌスを刺激された娘が悶える。やはりそこが性感ポイントのようだ。体内で暴れる牡器官を、キュウキュウと締めあげた。

「うう……ほ、保科さんのヘンタイ」

とうとう関係を持った三人全員から言われてしまった。しかし、少しも悪い気がしない。むしろ光栄だと思った。

「変態でかまわないよ」

開き直ってアナルいじりを続ければ、史奈もよがりだす。

「ああん、お、おしりぃ」

息づかいを荒くして、彼女が逆ピストンの速度を上げた。しかも、膣口をキツくすぼめて。

そのため、源太は急角度で高まった。

「そんなに激しくしたら、おれ、イッちゃうよ」

「いいですよ」

史奈が即答する。腰づかいに回転を加え、さらなる愉悦をもたらして。

(え、いいって?)

つまり、中で射精してもかまわないというのか。この体勢では、源太が抜いて外に出すのは不可能なのだ。

戸惑っているあいだに、彼女も高まっていった。

「あん、あん、いいのぉ」

自ら交わりを求めただけあって積極的だ。年上の男を差し置いて動き、快感を求める。

(だったらいいか——)

もしも中に出されるのがまずかったら、そうなったときに史奈が飛び退くであろう。すべて彼女に任せればいい。

さりとて、男として、できるだけ耐えねばならない。

(史奈ちゃんがイクまで我慢しろよ)

自分のペースで動いているため、彼女はオルガスムスに至りやすいであろう。それを見届けた後、己を解放するのだ。

早く昇りつめるようにと、秘肛を適度な強さでこする。結合部から滴るラブジュースを指に絡め取り、潤滑液を用いてヌルヌルとこすった。

「イヤぁ、あ、感じる」

よがり声のトーンが上がる。やはりおしりの穴がお気に入りなのだ。

「おれも気持ちいいよ」

源太が史奈に伝えたのは、遠慮せずに達するようにと願ってであった。

「うん、うん……あっ、わ、わたし、もう」

いよいよ極まったという声を洩らし、彼女が裸身をガクガクと揺する。リズミカルだった腰づかいが不安定になった。

「イッちゃう、イク、も、ダメぇえええっ！」

からだを前後に揺らして昇りつめる史奈に引き込まれて、源太も臨界を突破した。

「おおお、で、出る」

オルガスムスの痙攣を示す女体の奥に、熱い滾りを長々と放つ。

ふたり抱き合い、ぐったりして余韻にひたる。萎えて力を失った秘茎が膣からこぼれ落ち、そこに逆流したザーメンが滴ったようだ。

「こんなに気持ちよくしてもらったんだから、チップをはずまなきゃね」

源太の言葉に、史奈は首を横に振った。

「いいえ……わたしも気持ちよかったので、エッチしたぶんはナシで」

「え、それじゃ悪いよ」

「お金がほしくて、したわけじゃないので」

そう言われても、源太は心苦しかった。困っている女の子のために、少しでも役立ちたい。

すると、史奈が悪戯っぽい微笑を浮かべた。

「でも、おしりの穴は別料金なので、そのぶんおまけしてください」

もちろん、源太に異存はなかった。

第四章　恥ずかしいけどイカせます

1

家政婦を頼むことにしたのは、住まいの汚れ具合が気になってきたからだ。

(このところ、忙しかったからな)

在宅ワークとは言え、ほとんど休みなしで働いていた気がする。

出勤して、会社に寝泊まりするのが当たり前だったときには、部屋はたまに掃除機を使うぐらいで事足りた。そもそも家にいる時間があまりなかったし、サウナや外食がデフォルトだったから、汚れることもなかったのだ。

ところが、今や家にいることが当たり前だ。以前はしなかった自炊にも挑戦したため、以前には気にする必要もなかったキッチンや、ユニットバスなども汚れが目立つようになった。

おまけに、忙しいと家のことは後回しになる。もともと家事は得意ではないし、時間を見つけてこまめに何てのは、源太にとってサーカスの空中ブランコにも匹敵する芸当であった。

さすがにゴミを溜めるなんてことはない。けれど、家は仕事場でもあるから、環境がきちんと整っている必要がある。あそこが汚れている、ここにも埃が溜まっているなど、気になり出すとデスクワークにも身が入らない。

だったら、誰かにやってもらえばいいと、至極単純な結論に到達したのだ。

たかが１ＬＤＫの狭いところに、毎日かよってもらう必要はない。多くても週一回で事足りるだろう。

調べたら、とりあえずお試しで頼めますという紹介所を見つけた。料金もかなりリーズナブルだ。

サイトの申し込みフォームにこちらの情報を入力し、すぐに受付メールが届く。なるべく早くと条件をつけたら、さっそく明日来てもらえることになった。仕事の谷間だし、実に都合がいい。

かくして翌日の午後、家政婦がやって来た。

『○○紹介所からまいりました』

インターホンのモニターに映ったのは、三十路前後と思しき地味な女性だった。その印象は、部屋に招き入れてからも変わらなかった。

「荒垣百合と申します」

丁寧に頭を下げた彼女は、化粧っ気のない純和風の面立ちで、黒髪をきっちりとまとめていた。装いも動きやすさのみを考慮したのであろう、ジーンズにトレーナーというごくシンプルなものだ。

「最初に、こちらをお願いいたします」

手渡されたファイルには、用紙が二枚あった。一枚目は百合の履歴を簡潔にまとめたもので、得意なことや意気込みなど、自筆の紹介文も書かれていた。それによると、家政婦を始めて一年。料理の専門学校を出たあと、飲食店に勤めていたこともあり、料理には自信があるとのことだった。

年齢は三十三歳。もう少し若いように初対面で感じたのは、顔や手にもシワがなく、綺麗な肌だったからだ。水仕事をしても、手荒れとは無縁らしい。

もう一枚の用紙にはチェック項目とアンケートがあった。最後に記入し、サインして返すとのこと。

「飲食店にお勤めだったんですね。そちらは辞められたのですか？」

質問に、百合は「はい」と答えた。

「長くお世話になっていたのですが、例の営業自粛もあって、ご主人が店を畳まれたんです。もう、高齢だったというのもありますけど」

史奈もそうだったが、ウイルス禍の影響を受けた者がここにもいたとは。

「それで家政婦に？」

「はい。家事も全般的に好きだったので、得意なことを仕事にしたほうがいいと考えました」

面接官を前にしたみたいな受け答えは、真面目な性格の表れと思われる。そして、ここに来てからまったく笑っていなかった。

無表情をちょっと和らげたふうで、仏頂面というわけではない。家政婦を始めてまだ一年とのことだし、初対面の男を前に緊張しているか、あるいは無闇に愛想を振りまかないよう、指導されているのかもしれない。

家政婦を雇うなんて、家族世帯以外だと、独り身の男がほとんどだろう。へたに好意があるように振る舞ったら誤解され、襲われる可能性だってある。

（独身男なんて、自分に都合がいいように考えがちだものな）

と、自らも振り返って反省する源太であった。

「それでは、どのようにいたしましょうか？」

訊ねられ、源太は「ああ、ええと」と室内を見回した。

「とりあえず掃除をお願いします。あちこちに汚れが溜まっていると思いますので。あと、できれば夕食も」

「わかりました。ご夕食のほうは、ご希望のメニューなどございますか？」

「おまかせします。あ、和食がいいかな？」

「かしこまりました。それでは、お掃除をするあいだ、ご主人様はどうなさいますか？」

これまでの人生で、一度もされたことのない呼び方をされ、源太はうろたえた。本物の富豪でない限り、メイド喫茶にでも行かないと経験できまい。

「え、どうなさいますかって？」

「掃除の邪魔をしたくないと、家を空けられる方もいらっしゃいます。もちろん、ここにいられても一向にかまいません」

「ええと、仕事があるので、できればここに」

「わかりました。必要があれば、ご主人様に場所を移っていただくかもしれませんが」

「ええ、それくらいはだいじょうぶです。あ、あと、ご主人様っていうのは、やめていただけませんか？　ちょっと落ち着かないので」

こちらを立ててくれているのだろうが、かえって気詰まりだ。

「では、保科様と」

「『様』はやめてよ。『保科さん』でいいから」

「承知しました」

すんなり受け入れてもらえてホッとする。必ず様付きで呼ぶよう、紹介所に指導されているわけではないらしい。

「それでは、さっそく始めさせていただきます」

百合が準備する。持参した大きなバッグからエプロンを取り出し、身に着けた。オフホワイトの簡素なものだ。

「あ、掃除機は寝室のほうに――」

当然、使うものと思って声をかければ、「必要ありません」と彼女が答える。

「大きな音がしたら、お仕事に差し支えるでしょうから」

　そこまで気を遣ってくれるのかと感動する。いいひとが来てくれたと、源太は心から喜んだ。

「じゃあ、おれはここで仕事をしますので、何かあったら声をかけてください」

「かしこまりました。では、奥から始めます。ところで、お洗濯ものはどういたしましょうか」

「袋にでも入れて、まとめておいてください。ウチは洗濯機がないので、あとでコインランドリーに持っていきます」

「わかりました。そのようにいたします」

　百合が寝室に向かう。中に入って引き戸を閉めたのは、音を立てて仕事の邪魔になってはならないと配慮したからであろう。

　源太はリビングのカウチに腰掛け、ノートパソコンを膝に置いた。受けている依頼の下調べをするために。

　掃除の音はほとんど聞こえなかった。おかげで、源太は仕事に集中できた。

　百合が戻ってきたのは、四十分ほど経ってからであろうか。

「奥は終わりましたので、お手すきのときにでもチェックしてください」

「あ、はい」

言われて、彼女が掃除していたのを思い出す。それぐらい静かだったのだ。ちょうど切りのいいところだったので、源太はさっそく寝室に入った。

(嘘だろ?)

驚いて目を見開く。すべて整理整頓され、埃も見当たらないのは当然ながら、ベッドのカバー類も取り替えられていた。窓ガラスもピカピカだ。

毎日寝ている部屋なのに、あまりにきちんと整っていたものだから、余所のお宅に訪問したのかと錯覚したほど。

(あんな短い時間で、ここまでできるものなのか)

いちおうクローゼットの中も確認したが、雑然となっていた衣類が片付いて、洋品店の棚のようだ。洗濯物も、指示したとおり紙袋に入っている。

リビングに戻ると、百合はすでに掃除を始めていた。邪魔にならないようにと、源太はノートパソコンとともに寝室へ移動する。

引き戸を開け放しておいたのは、べつに彼女を見張ろうとしてではない。仕事ぶりを見せてもらい、自分がするときの参考にしようと考えたのである。

結果的に、まったく参考にはならなかった。あまりにてきぱきしすぎて、とても真似できないとわかったからだ。しかも、ダスターひとつで手際よく進めている。

ベッドに腰掛け、基本はパソコンの画面に目を落とし、合間に百合のほうに視線を移す。リビング部分が終わったのを見計らい、そちらに戻った。

彼女はＬＤＫの、ダイニングスペースとキッチンの掃除を始めた。ものはあまりないが、特に汚れているところだ。

（あ……）

何気に百合の後ろ姿を目で追い、源太は胸をときめかせた。ジーンズに包まれたおしりが殊の外充実しており、着衣でも色気が感じられたからである。

ジーンズはソフトタイプのようで、丸みの下側に波形がくっきりと描かれている。それでいてパンティラインは浮かんでいないから、Ｔバックを穿いているのだろうか。

地味な外見なのに、下着はセクシーなものを選んでいるらしい。実はエッチなのかもと想像しかけて、源太は自らを叱った。

（こら、失礼なことを考えるな）

仕事とは言え、ここまで丁寧な働きぶりを見せているのである。感謝こそすれ、いやらしい目で見ていいはずがない。

自らを戒めたはずが、その後もチラチラとヒップラインに注目してしまう。エロチックなものが視界に入れば、反応するのは男の性だとは言え、

(まったく……欲求不満かよ)

節操のない自分が嫌になる。

そもそも、花帆と関係を持つまでは、十年も寂しい日々を送ってきたのである。なまじいい目にあったせいで、満たされない時間が長引くと、もの足りなく感じられるようになったのか。

配達員の史奈とセックスをしたのは、先々週のことだ。あのあともデリバリーを頼むことはあったが、彼女が来ることはなかった。

残念ながら配達員を指名することはできない。同じエリアを担当していても、従事する者は大勢いるから、同じ人間に当たること自体が稀なのだ。

連絡先を教えてもらえばよかったと、源太はあとで悔やんだ。しかしながら、史奈はチップ目的で性的な奉仕をしたのである。セックスまでしたのは想定外だったとは言え。

手当てされて多少は感激したかもしれないが、その後も親しくすることまでは望むまい。そう考えて、彼女に執着するのを諦めた。

だいたい、年が違いすぎる。まず恋愛関係にはなれない。こちらがよくても、向こうからすれば四十路のオジサンなのだから。

またも一度きりの関係だったなと、源太は正直がっかりした。そのせいで、今度こそ人生を共にできる女性をと、無意識に望んでしまうのか。

（おれ、結婚願望なんて、なかったんだけどな……）

以前は、生涯独身でかまわないとすら考えていたのである。けれど、続けざまに三人と親密なふれあいを持ったことで、女性の素晴らしさを再認識し、結婚したいと望むようになったのだろうか。

だからと言って、家事をお願いした家政婦さんまで性的な目で見てしまうのは、かなり問題ありだ。

とにかく、自分のやるべきことに集中しようと、気持ちを切り替える。気がつけば、百合の姿が見えなくなっていた。ユニットバスのほうに移動したらしい。

かくして、三時間ぐらいのあいだに、彼女は掃除をすべて終えた。

夕食の買い物に出かけるという百合は、調味料やキッチン用洗剤、トイレットペーパーなど、必要なものもリストにしていた。源太は、普段から野菜が不足しがちであることと、日持ちしそうな料理を作り置きしてもらいたいことをお願いし、必要な予算を渡した。

彼女が出かけてから、源太は寝室以外の場所をチェックした。どこもかしこも、見違えるほど綺麗になっていた。

（やっぱり、家政婦さんを頼んで正解だったな）

それに、いいひとに来てもらえた。経験年数が、まだ一年だというのに、ここまでのスキルの持ち主は、そういないのではないか。

これは夕食も期待できるなと、胸が大いにはずんだ。

買い物から戻ると、百合はさっそく料理を開始した。程なく、リビングダイニングにいい匂いが漂う。

そして、一時間とかからず、彼女はリクエストどおりのものをこしらえてくれた。

メニューは根菜の甘煮、肉じゃが、ほうれん草のおひたしと味噌汁である。最初の二品は多めに作り、器に盛ってラップをしてあった。冷めたら冷蔵庫に入れて、食べるときにレンジで温めてくださいと言われた。

味見をするように言われ、源太は甘煮と肉じゃがを少しずついただいた。どちらの料理も、好みの味を知り尽くしているみたいに美味しかった。

「とても美味しいです。ありがとうございます」

「どういたしまして。お口に合ったのならうれしいです」

百合が初めて頬を緩めた。

「そう言えば、荒垣さんってまだおひとりなんですか？」

ふと気になって訊ねる。

「はい」

「それじゃあ、いいお嫁さんになれますね。掃除も料理も、ここまで完璧にこなせるんですから」

源太は褒めたつもりであった。ところが、彼女が表情を曇らせる。

「ありがとうございます」

お礼の言葉も、どこか取って付けたもののように感じられた。

（……まずかったかな）

家事ができるからいいお嫁さんになれるなんて、女性は家にいるものと決めつけるに等しい。時代遅れであり、昨今ではハラスメントと受け止められる台詞である。

おまけに、二十代の若い娘ならともかく、百合は三十三歳と微妙な年頃でもあるのだ。

「あの、よろしかったら、いっしょに食べませんか？」

などと誘ったのは、不用意な発言をお詫びしたい気持ちからだった。けれど、

「いえ、わたしはこれで失礼いたします」

百合はエプロンをはずすと、そそくさと帰ってしまった。

（やっぱり怒らせたのかも）

深く反省した源太であったが、用意された夕食には大いに満足し、普段よりも食べてお腹いっぱいになった。

2

家政婦を頼んだのは、溜まった汚れを掃除してもらうのが目的で、単発で終わらせるつもりだった。しかし、美味しいご飯が食べたいのと、綺麗になった部屋で仕事がはかどったこともあって、またお願いしたくなった。

それも、できれば百合に。

翌週、源太は再び紹介所のサイトを訪れた。二回目からは家政婦の指名が可能

とのことで、迷うことなく百合を選んだ。

あれだけ完璧にできるひとなのだ。おそらく引く手数多で、ずっと先まで予定が入っているに違いない。そう思って、部屋はまだそれほど汚れていなかったのに、早めがいいだろうと申し込んだのだ。直近で可能な日と指定して。

ところが、それが二日後だったものだから、どうしようかと迷う。

(たまたまこの日が空いていたのかも)

ここを逃して、次がずっと先では元も子もない。源太はお願いすることに決めた。

そうなると、なるべく掃除のし甲斐があるようにしておく必要があろう。だからと言って、オナニーに使ったティッシュを散らかしておくなんて御法度だ。適度に品位を保ち、幻滅されないようにしなければならない。

ものをあちこちに置いて、雑然と見えるようにしておく。前日に自炊をして、キッチンも適度に汚した。

家政婦に気を遣って室内を乱すなど、本末転倒である。しかし、とにかく百合に来てもらいたかったから、源太はおかしなことをしているとは思わなかった。

かくして当日、そわそわして待っていると、百合は約束の時間の五分前にやって来た。

『○○紹介所からまいりました荒垣です』

インターホンのモニターに映ったのは、紛う方なき生真面目な風貌の家政婦さん。源太は「どうぞお入りください」と浮かれ口調で告げ、マンションの玄関を解錠した。

「今回はご指名いただきまして、ありがとうございます」

迎え入れるなり、百合が深々と頭を下げる。心から感謝しているふうに見えたから、源太は戸惑った。

「ああいえ、こちらこそ。きっと他からも指名がたくさんあって、お忙しいんじゃないかと思っていましたから、すぐに来ていただけてうれしいです」

「忙しいなんてことはありません。わたし、指名していただいたのは、保科さんが初めてなんです」

意外な返答に、源太は「え、嘘でしょ」と耳を疑った。

「本当です。たぶん、愛想がよくないせいだと思います」

笑わないのは、相手に付け入る隙を与えないようにと、紹介所に指導されているためかと思っていた。あるいは緊張しているのだろうと。そうではなく、彼女自身がもともと笑顔を見せないタイプらしい。

「愛想がよくないとは思いませんでしたけど。むしろ真面目なひとなんだなって信頼できたぐらいです」

「そんな、真面目だなんて」

百合が恐縮したように肩をすぼめる。謙虚なところにも好感が持てた。

「荒垣さんは、掃除も食事の支度も、すべて完璧にやってくださいました。だからこそ、また頼みたくなったんです」

「そうなんですか。ありがとうございます」

もう一度礼を述べ、彼女が頬を緩める。はにかんだ微笑に、源太は惹かれるものを感じた。

（けっこうチャーミングなひとなんだな）

地味な女性という印象は、もはや過去のものであった。

「では、さっそく始めさせていただきます。今回もお掃除と、ご夕食の準備でよろしいですか？」

「はい。おれはまた仕事をしてますので、何かあったら声をかけてください」

「承知しました。では、奥から始めます」

百合がエプロンを着け、寝室へ向かう。その後ろ姿に、源太はまたも胸をときめかせた。

(やっぱりいいおしりだなあ)

今日の彼女は、カーキ色のサマーニットに白い七分丈パンツと、相変わらずシンプルな装いだ。エプロンを着けているためか、ヒップのボリューム感が際立っている。

オプションのサービスで、裸エプロンがあればいいのに。などと、またも卑猥な妄想をしてしまう源太であった。

(いや、着衣のままのほうがエロいかもしれないぞ)

白いボトムは、ジーンズよりもぴっちり感が著しい。そして、前回はなかったパンティラインが、くっきりと浮かんでいた。

百合の後ろについて回り、間近でたわわな丸みを眺めたい。そんな願望を抱きつつ、カウチでノートパソコンを開いたものの、十分も経たずに瞼が重くなってきた。

(うう、眠い)

ここ三日ほど、仕事のほうが山場を迎えたこともあり、睡眠時間が減っていたのだ。そのツケが一気に回ってきたらしい。

これは少しでも眠らないことには何もできない。源太はパソコンをテーブルに置き、カウチに横になった。三十分ほどまどろむつもりで。

そして、すぐさま眠りに落ちた。

仕事が気に懸かっていたためだろうか、眠りは浅かった。目を閉じているはずなのに周りの景色が見えて、半分金縛りに遭っているような、正直胸苦しい気分だった。

ところが、途中でうっとりするような快さに取って代わる。からだのあちこちがピクッと痙攣し、いつしか淫らな夢を見ていた。

もっとも、目が覚めるなり内容は忘れてしまったが。

（え――）

起きても快感が続いていたため、源太は混乱した。まだ夢を見ているのかと思ったのだ。

しかし、そうではなかった。

瞼を開き、頭をもたげた源太は、驚くべき光景を目の当たりにした。いつの間にかズボンの前が開かれ、怒張した肉器官が摑み出されていたのである。

それを握っていたのは百合だった。

「あ――」

思わず声を洩らすと、彼女が気がついてこちらを見る。だが、うろたえたのはほんの一瞬で、開き直ったみたいに手を上下に動かした。

「うあ、あ、くうう」

悦びがふくれ上がる。源太は呻き、腰をガクガクと上下させた。

(そんな……どうして――)

あの生真面目を絵に描いたような百合が、何ゆえ痴女みたいなことをしているのか。

すると、彼女が手を止め、ふうとため息をつく。

「やっぱり無理です」

つぶやくように言われ、源太は「え?」と眉根を寄せた。いったい何が無理だというのか。

「わたしは、いいお嫁さんになれそうもありません」

落胆した面持ちを見せられ、ますます訳がわからなくなる。

(お嫁さんって……それじゃ、おれがこのあいだ言ったことと、これは関係しているのか？）

もしかしたら、前時代的な価値観を押しつけられたことに憤り、お返しに辱めようとしているのか。

けれど、ここに来たときの百合は、前回のことを気にしている様子など少しも見せなかった。そもそもあの発言が気に食わなかったのなら、依頼を断ればよかったのである。

「ええと、いいお嫁さんになれるなんて、おれが言ったのを怒ってるんですか？」

確認すると、彼女が「違います」と否定する。

「怒るわけがありません。素敵なお嫁さんになるのが、わたしの夢だったんですから」

やけに乙女チックなことを言われて、源太は戸惑った。

「保科さんにいいお嫁さんになれると言われて、わたしはとてもうれしかったんです。正直、この年まで夢が叶っていなくて、もう無理なのかと諦めかけていたんですけど」

あのとき、百合が気分を害したように見えたのは、照れ隠しだったのか。

(ていうか、正直な気持ちを顔に出すのが苦手なのかも)

愛想がよくないと評価されるのも、そのためであろう。

「でも、いいお嫁さんの条件は、家事だけではありませんよね」

やるせなさげに言われて、源太は「まあ、それは」とうなずいた。

「旦那さんを立てるというか、尽くす必要があると思うんです」

やけに古風なことを口にする。だからチ×ポを勃てて、性的に尽くしているとでもいうのか。

(いや、おれは荒垣さんの旦那じゃないし)

そもそも、勝手にペニスを握っておいて、いいお嫁さんになれないとはどういう意味なのか。

「それから、ベッドの中でも旦那さんを満足させるのが、奥さんの務めだと思います」

真剣な面持ちの百合に、源太はそういうことかと納得した。

「つまり、荒垣さんは旦那さんを、その、性的に満足させる自信がないってことなんですね？」

「はい……」

「だから、おれのそれを使って、自分がどこまでできるか試してみようと？」

この指摘に、彼女は今さらのようにうろたえた。強ばりから手を離し、頬を赤く染める。

「すみません……保科さんがよく眠っていらして、ここが大きくなっていたものですから」

ウトウトしていたのであり、生理現象で勃起した可能性はある。だからと言って、勝手にさわっていいなんて決まりはない。

「まあ、そういうのは経験を積めばどうにかなるものですし、それこそいいひとが見つかって、いっしょに愛を育むことで、自然と身につくと思いますけど」

などと、やけに道徳的なことを述べながら、源太は恥ずかしくてたまらなかった。何しろ、怒張した牡器官が剝き出しのままなのである。

すぐにでもしまいたかったものの、百合の前でそうするのはためらわれた。へたに動いたら、かえって注目されそうな気がしたのだ。

「それだと間に合いません」

彼女がやけに悲観的なことを言う。

「どうしてですか？」

「だって……まったく経験がないんですから」

　この返答に、源太は思わず身を起こした。

「経験がないって——つまり、処女ってことですか？」

「はい」

　たとえば付き合っていた男にヘタだと言われたとかで、テクニックがないのを悲観しているのかと想像したのである。まさか、実践そのものがなかったなんて。

「じゃあ、男のそれを握ったのも？」

「初めてです。もちろん見たのも」

　セックスどころか、愛撫を交わしたことすらないというのか。

　百合がため息をつく。

「もっと若いときなら、生娘ってことで持て囃されたかもしれませんけど、この年になったら、ただの化石ですよね」

「いや、そんなことは……」

「むしろ、殿方は期待すると思うんです。私の年なら相応に経験を積んで、愉しませてくれるんだろうって。なのに、実際はいい年をしておぼこだなんて、寝床でも役立たずってことですし、持て余すだけだと思うんです」

生娘とか殿方とかおぼことか、使う言葉がいちいち古めかしい。おまけに考え方も、古風な価値観に縛られているようだ。

そういう見立ては間違っていると、否定するのは簡単である。しかし、彼女は納得しまい。なまじ年齢を重ねているぶん、絶対にこうだと決めつけているのが窺えた。

要は頑固オヤジと一緒である。年齢が上がるほど、己の考えを改めるのは困難になるものだ。

「それじゃあ、結婚は諦めるんですか?」

問いかけに、百合が口をつぐむ。頑固だからこそ、夢を簡単に諦めるなんてできないのではないか。

そうなれば、源太が言えるのはただひとつである。

「だったら、少しでも男を満足させることができるように、おれで練習してみませんか?」

もちろん下心があっての提案である。うまくいけば、彼女とイイコトができるのではないかと。

幸いにも、百合は目を輝かせた。

「いいんですか？　是非お願いします」

こちらこそお願いしますという言葉を呑み込み、源太は胸を張って「わかりました」とうなずいた。

3

源太は下をすべて脱ぎ、カウチに腰をおろした。脚を大きく開く。

「さあ、どうぞ」

促すと、前に膝をついた百合が躊躇する。すでに一度握っているのに、怒張した牡器官に怖じ気づいているのか。

というより、見られているのが気になるようだ。さっきも源太が眠っていたからこそ、思い切った行動が可能だったのだろう。

「あの……目をつぶっていただいてもよろしいですか？」

「ああ、うん」

源太は素直に瞼を閉じた。彼女はバージンなのであり、できるだけ気を配ってあげるべきなのだ。

するると、五秒と待つことなく、屹立に柔らかなものが巻きついた。

「あうう」

たまらず呻き、腰を震わせる。予想したよりも早く、百合が勃起を握ったのである。

「すごく硬いわ……」

つぶやく声に、背すじがゾクッとする。

(だけど、洗っておいて正解だったな)

不浄の器官を握られても、あまり罪悪感がなかったのは、彼女が来る前にシャワーを浴びたからである。まったく無臭ということはないにせよ、その部分はちゃんと綺麗になっているはずだ。

こういう展開を予期していたわけではない。前回は汚れた部屋を見られたのであり、だらしのない男だと幻滅されたくなかったのだ。それに、ユニットバスを汚しておく必要もあったから。

おかげで、どうぞ好きにしてくれと、身を任せることができる。

一方、百合のほうも、見られていないと大胆であった。

亀頭に温かな風を感じたのは、息がかかったからだろう。それだけ顔を近づけているわけである。

(うう、見られてる)

羞恥で顔が火照る。すると、

「これ、舐めてもよろしいですか?」

信じ難い求めに、源太は耳を疑った。

経験がなくても三十三歳である。家政婦の仕事と同じく、私生活も真面目だとしても、セックスに関する知識は年相応に持っているだろう。さっきのやりとりからしても、男女のことに興味があるようだし。

よって、フェラチオを知っていても不思議ではない。しかし、いきなり挑戦するということは、

(それだけ男を歓ばせたいって熱意があるんだな)

その心意気だけで、充分いいお嫁さんになれる。とは言え、どうせなら実践してもらったほうがいい。

「いいですよ」

許可を出すと、敏感な粘膜に何かが接近する気配があった。

ぺろり——。

ふくらみきった頭部をひと舐めされ、鋭い快美感が体幹を駆け抜ける。

「むふッ」

源太は太い鼻息をこぼし、膝をカクカクと震わせた。

さすがに、いきなり肉棒を咥えるのは無理だったらしい。百合はアイスキャンディーを味わうみたいに、亀頭を舐め回した。

（ここまでするなんて……）

今までこういう機会がなかったものだから、ここぞとばかりに積極的な行動に出ているのか。

しかしながら、経験のなさは如何ともし難い。フェラチオはペニスをお口で愛撫すると知っているだけで、舐める以外にどうすればいいのか、何も浮かばないようである。

源太のほうも、確かに快いのだが、単調な刺激が焦れったくなってきた。

「あの、いいですか？」

声をかけると、百合が舌を止める。

「え、何でしょう？」

「どこをどうすれば気持ちいいのか教えますので、目を開けたいんですが」

彼女はすぐに返事をしなかった。やはり見られることに抵抗があるようだ。それでも、このままでは何も進展しないとわかっていたのだろう。

「わかりました。どうぞ」

百合に言われて、源太は瞼を開いた。

下だけを脱いだ格好は、改めて目にするとみっともない。おまけに大股開きで、牡の急所まで見せつけているのだ。目をつぶっていたから、気にしなくて済んだのである。

膝のあいだにちょこんと膝をついているのは、エプロン姿の家政婦さん。白くてちんまりした手が武骨な肉棒を握っており、かなり痛々しい眺めだ。

それゆえに、やけに卑猥だったのも事実。唾液に濡れた亀頭が赤く発色し、いっそう生々しく映えていた。

「どうすればいいんですか？」

訊ねた百合の頬は、赤く染まっていた。

「ああ、ええと」

源太は咳払いをし、彼女の握った秘茎の先っぽを指差した。

「チン――ペニスは基本的に全体が感じますが、特に敏感なのがこのアタマの部分と、それから、ここのくびれているところです」

百合がなるほどという顔でうなずく。教えを請う女学生みたいだ。

「今みたいにペロペロされるのも気持ちいいんですけど、口に入れて、中で転がすみたいにしゃぶってもらえると、もっと感じるんです」

「なるほど。わかりました」

「あと、手を動かしてもらえますか」

「こうですか?」

彼女が握り手を上下させる。さっきも試みて、すぐにやめてしまったが、慣れていないからうまく扱えないのだ。

「外側の皮だけを動かして、中の硬い芯を磨くみたいにしてください」

コツを教えると、うなずいて握り直す。余り気味の包皮を下から上に動かし、亀頭に被せては剝くのを繰り返した。

「うん……すごく上手です」

源太が息をはずませると、百合が安心したように頰を緩める。手コキもリズミカルになった。

「あ、何か出てきましたよ」

鈴割れに滲む透明な汁を目ざとく見つけ、報告する。

「これは気持ちよくなると出てくるものです。女性もアソコが濡れると思いますけど、それと同じようなものです」

説明に、彼女は納得した面持ちを見せた。頬が赤らんだのは、自身の秘苑が潤ったときを思い出したからか。

(処女でもオナニーぐらいはしてるのかな?)

むしろ経験がないぶん、そうなったときのことを想像し、自らをまさぐったのではないか。目の前の女性の、あられもない姿が脳裏に浮かび、肉根がビクンとしゃくり上げる。

「あん」

百合が悩ましげに眉根を寄せた。

「これ、すごく脈打ってます」

「荒垣さんにしごかれて気持ちいいからですよ」

「そうなんですか?」

「あと、ここも感じるんです」

源太が次に指差したのは、陰嚢であった。

「え、だけど、男のひとの急所ですよね」

「強くしたら駄目ですけど、そっと撫でられたり、揉まれたりすると気持ちいいんです」

本当なのかと怪訝な面持ちを見せた百合であったが、興味も惹かれたらしい。肉根を握ったまま、もう一方の手を縮れ毛にまみれたフクロに差しのべた。

「あう」

腰の裏がムズムズして、源太は呻いた。遠慮がちなタッチが、くすぐったいような悦びをもたらしたのだ。

「あ、ペニスがすごく硬くなりました」

肉体の反応を得て、彼女も本当なのだと理解したようだ。

「今のことを参考にして、あとはご自身で工夫してください」

百合に任せることにしたのは、一から十まで教える必要はないと判断したからである。手での愛撫もすぐに会得したし、自ら学び取る力を充分に備えている。バージンでも、そこらの小娘とは違うのだ。

「はい、やってみます」

力強く答えた彼女は、もう目をつぶってとは言わなかった。これも自信がついた証であろう。

　そそり立つ剛棒を、綺麗な指が摩擦する。上下する包皮にカウパー腺液が巻き込まれ、ニチャニチャと卑猥な音を立てた。

「あん、いやらしい……」

　百合がつぶやく。滴る先汁が指を濡らしても、まったくかまわない様子であった。半開きの唇から絶え間なく息をこぼし、むしろ情感を高めているふう。

　教わったとおりに、彼女は玉袋もすりすりと撫でた。痛みを与えていないとわかると大胆になり、揉むような動きも示す。

　おかげで、源太は猛りっぱなしであった。

（すごく上手だぞ）

　透明な粘液でヌメる亀頭は赤く発色し、今にもパチンとはじけそうである。それを気の毒に思ったわけでもないのだろうが、百合が先端に唇を寄せる。やけに赤い舌をはみ出させ、再び舐めた。

「ううう」

　源太は呻いた。さっきよりも感じたのは、舌づかいが異なっていたからだ。慈しむというか、情愛のこもった舐め方だったのである。

頭部全体に唾液をまぶしてから、彼女が口を開く。筒肉の半ばまで迎え入れ、温かな中でしゃぶってくれた。

「ああ、すごく気持ちいいです」

感動を込めて告げると、分身を強く吸いたてられる。恥ずかしいのか、耳が赤くなっていた。

動かされる舌が、敏感だと教えられたくびれを狙って動く。

(うう、よすぎる)

歓喜に目がくらみ、源太はフンフンと鼻を鳴らした。

最初に舐めたときは、明らかに稚拙であった。ところが、今は比較にならないほど巧みである。

フェラチオをしながら、百合は指の輪も動かした。短いストロークながら、硬肉をシコシコとこする。陰嚢への愛撫も忘れない。

ちょっと教えただけで、ここまでになるなんて。一を聞いて十を知るタイプなのか。いたずらに年齢を重ねているわけではないのだ。

そのため、源太は爆発しないよう、かなりの忍耐を強いられた。

「も、もういいです」

声をかけたのは、いよいよ危うくなったからだ。

張りきった牡根を、百合が口から出す。鈴口と唇のあいだに、粘っこい糸が繋がった。

「どうでしたか?」

感想を求められ、源太は「すごくよかったです」と答えた。己の語彙(ごい)のなさを焦れったく感じながら。

「本当ですか?」

「ええ。イキそうになったから、やめてもらったんです」

正直に告げると、彼女の目がきらめいた。

「イキそうって、精液が出そうだったんですか?」

「そ、そうですけど」

「だったら出してください」

ペニスを握り直した手が上下運動を始めたものだから、源太は慌てた。

「そんなにしたら、本当に出ちゃいますよ」

「はい。出るのを見せてください」

「見せてって――」

「射精がどんなものか知りたいんです」

性的なことに関心はあっても、百合はアダルトビデオを視聴するとか、ネットで無修正の動画を探すなんてことはしないらしい。そういうもので研究していれば、手コキもフェラチオも、最初からもっとうまくできたであろう。

(知識も本とか、せいぜいネットの記事とかで得ていそうだものな)

だからこそ、男がどんなふうにザーメンを飛ばすのか、興味を募らせていたのではないか。

源太は打算を働かせた。ここはどうすれば、より淫らな展開に持って行けるだろうかと。

(彼女の言うとおりにすれば、こっちもお願いしやすくなるしな)

それに、百合はこの様子だと、射精に導いて満足することはないだろう。おそらく最後まで体験し、女になりたいと願うはずだ。一度ペニスが萎えれば、昂奮して再勃起させるためにと、こちらの望んだことをしてくれるのではないか。

そこまで考えて、源太は「いいですよ」と答えた。

「それじゃあ、荒垣さんが手で射精させてください。さっきみたいにしごいてくれれば、すぐに出ると思いますから」

「はい」

百合が手コキを再開させる。いっそう赤くふくらんだ亀頭に、興味津々という眼差しを注いで。

もちろん、牡の急所を愛撫することも忘れない。

「ああ、それ、すごくいいです」

源太は声を震わせ、腰を揺すった。愉悦の波が、すぐそこまで迫っていた。

「ペニスがすごく硬いです。もう出るんですか？」

肉根の変化に気がついたようで、彼女が期待に満ちた目で見あげてくる。

「ええ。もう少し強くこすって」

「わかりました」

握る力が強められ、摩擦係数が上がる。

「あと、精液が出ても手を離さないで、そのまましごき続けてください」

「はい」

「あ、もう出ます。いく――」

カウチの上で尻をはずませ、源太はめくるめく瞬間を迎えた。鈴口に丸い雫がぷくっと盛りあがり、それが勢いよく宙へ飛び出す。

「キャッ」

悲鳴を上げた百合の手の中で、強ばりが暴れる。次々と放たれる白濁汁にも怯まず、彼女は言われたとおりに手を動かし続けた。

それにより、性感曲線が高い位置で推移する。

「うお、おおお、おぅ」

源太は腰を跳ねあげて、ありったけのエキスをほとばしらせた。からだ中の神経が、甘く蕩けるのを感じながら。

「え、すごい……こんなに——」

驚きの声が耳に遠い。

(ああ、最高だ……)

今日、初めて手コキに挑戦した女性に、イカされてしまった。しかも、こんなにも深い満足を与えられるなんて。

経験こそなくても、百合は天性の何かを持ち合わせているのではないか。そう思わずにいられなかった。

「も、もういいです」

源太は手を止めさせた。軟らかくなりかけたイチモツを刺激され続け、くすぐったさの強い快感に、どうかなってしまいそうだったのだ。

百合が指をほどき、ふうと息をつく。力を失った秘茎が、陰毛の上にぐったりと横たわった。

ザーメンは源太の下腹や太腿にも飛び散っていたが、多くは彼女の手指に絡みついていた。肌を穢したそれに、感動したような眼差しが注がれる。

「これが精液なんですね」

嫌悪感など少しもないらしい。自分の手で放出させたものであり、愛着でも湧いているのか。

指にまといついたものを、百合が鼻先に寄せる。匂いを嗅ぎ、悩ましげに眉根を寄せた。

「何だか、前にも嗅いだことがあるみたい」

栗の花とか、夏の草いきれとか、似たような匂いは他にもある。プールの塩素臭とかもそうだ。それを思い出したのではないか。

興味が湧いたようで、彼女は舌を出し、粘つくものを舐めた。

「味はそんなにしないんですね」

感想を述べられても、源太は息をはずませるだけで、何も言えなかった。自身の体液を観察されるのは、居たたまれないし、さっさと処理してもらいたかった。

その願いが通じたのか、百合がティッシュのボックスを引き寄せる。薄紙でまず手指を拭い、源太の肌も清めた。

「本当に、精液を出すと小さくなるんですね」

ほぼ平常状態に戻った牡器官に目を注ぎ、彼女がちょっと残念そうに言う。もっと試したいことがあったのにと、顔に書いてあった。

それから顔を伏せ、尖端に白い雫を光らせた筒肉を口に入れる。

「え——あああっ」

いきなりだったから驚き、源太は声を上げてのけ反った。

唾液を溜めた中で、分身が泳がされる。舌が戯れ、ねちっこくしゃぶられた。射精後の過敏になった亀頭が、強烈な快感にまみれる。源太はたまらず身をよじり、喉をゼイゼイと鳴らした。

幸いにも長く続けられることなく、百合はペニスを解放してくれた。あくまでもクリーニングを施しただけだったらしい。

唾液に濡れた秘茎は赤みを増し、いくらかふくらんだようである。

「あ、また大きくなってきましたよ」

嬉しそうに声をはずませた彼女に、源太は息を荒くして告げた。

「荒垣さんが気持ちよくしてくれたからです。もっと刺激を与えれば、ちゃんと勃起しますよ」

「本当ですか？」

「でも、ここだとやりづらいので、寝室に行きませんか？」

誘いの言葉に、百合は「ええ」とうなずいた。

4

寝室に入ると、源太は素っ裸になった。下半身のみを晒した格好はみっともないし、百合にも脱いでもらいたかったからだ。

もっとも、男を知らない身で、肌をすべて晒すのは抵抗があったらしい。源太が促すと、

「あの……下だけでいいですか？」

と、妥協案を提示した。

「ええ、かまいません」

残念だなと落胆しつつも受け入れる。だが、下を脱ぐのなら、セックスをするつもりでいるのは間違いなかろう。

源太はベッドに上がった。百合が綺麗に整えたばかりなので、彼女と戯れることにちょっぴり罪悪感を覚えた。

百合がもじもじしながら、白いパンツを剝き下ろす。おそらく、パンティも一緒に。エプロンをはずさなかったのは、少しでも隠したいという意識の表れであろう。

けれどそれは、密かに見たいと願った裸エプロンの格好だ。源太にとっては望外の喜びである。

「こっちに来てください」

呼びかけると、彼女が怖ず怖ずとベッドに上がる。正面からだとナマ脚しか見えていないが、たまらなくエロチックに感じられた。

源太は仰向けに寝そべると、逆向きで上に乗るよう百合に指示した。

「ど、どうしてそんなことを——」

彼女が焦るのも無理はない。恥ずかしいところを、男の目の前に晒すことになるのだから。

「荒垣さんのおしりやアソコを見せてもらえれば、おれは昂奮して、すぐに勃起すると思います。それに、ペニスもいじってもらえますから」

拒まれては困るので、秘部を舐めるつもりでいるのは伏せておいた。

もっとも、百合はフェラチオを知っていたのである。クンニリングスも、もしかしたらシックスナインも、男女間で行なわれる愛戯として、知識を持っていても不思議ではない。

現に、彼女はためらいながらも源太にヒップを向け、

「……あまりヘンなことはしないでください」

そう言ってから跨がったのである。ある程度の覚悟はできているようだ。

（おお）

差し出された丸みに、源太は胸の内で感嘆の声を上げた。

巨大なお餅をふたつ並べた趣の、たわわな双丘。着衣のときもそこに見とれたが、今はそれ以上のボリュームが感じられる。下から見あげているためもあるのだろう。

しかも、上半身は服を着ており、おまけにエプロンもしているのだ。ナマ尻のいやらしさが半端ではない。ただ、下着の跡が赤く残る白い肌は、これまで目に

した誰のものよりも、きめ細やかであった。

（本当に、いいおしりだなあ）

ぱっくりと割れた中心、深いミゾの底は、色素の沈着がやや目立つ。小さくすぼまったアヌスも、会陰側に小さなほころびがあった。源太にはそれが、普段一所懸命仕事をしている百合の、頑張りの証のように感じられた。

（いいお嫁さんになろうとして、家政婦になれるぐらい、家事を勉強してきたんだろうな）

さらに、男に奉仕するすべも学ぼうとしている。なんて健気なのか。

そんな彼女の穢されていない秘苑は、シワの多い花びらが、二枚重なってはみ出している。秘毛は恥丘に逆立つのみで、量は多くない。

（あれ？）

源太は怪訝に思った。家政婦の仕事中だったのであり、あられもないパフュームが嗅げるものと、密かに期待していたのである。

ところが、そこから漂うのは、清潔な石鹸の香りであった。

三日もシャワーを浴びていなかった瑞紀のそこが、それほど匂わなかったように、体臭には個人差がある。百合も淡いほうなのであろう。

だが、石鹸の匂いがするということは、ここへ来る前に洗ってきたからではないのか。昨晩の痕跡が、ここまで残るとは思えない。

（てことは、最初からおれとこういうことをするつもりで？）

浮かんだ推測を、源太はすぐに打ち消した。

（いや、そんなわけないだろ）

おそらく、源太自身が事前にシャワーを浴びたのと同じなのだ。相手に不快感を与えないよう、エチケットとして身を清めてきたのである。

生々しい恥臭が愉しめないのは残念であるが、仕事に対する真面目な姿勢には好感が持てる。それでいて劣情も高まっていたから、源太はほころんだスリットに指を添え、重なった花びらを左右にくつろげた。

赤みの著しい粘膜が覗く。白っぽい吐蜜がまぶされ、ヌメヌメと淫靡な輝きを放っていた。

（荒垣さん、濡れてたんだ……）

さっき、カウパー腺液の説明をしたとき、女性も濡れるという言葉に彼女が反応したのは、すでに自身が潤っていたためだったのか。

「あうッ」

源太は声を上げ、裸体を波打たせた。ふくらみかけていた分身が、温かく濡れたものに包まれたのである。

百合がフェラチオを始めたのだと知って、からだがカッと熱くなる。だったら自分もと、源太は豊臀を両手で摑み、引き寄せた。

「むう」

巨大な丸みが顔面に落っこち、重みをかけてくる。口許を陰部で塞がれ、一瞬呼吸ができなくなった。

そのとき、ほのかな酸味臭が鼻腔に流れ込む。暴かれた女芯内にひそんでいた、彼女本来のかぐわしさなのだ。

(素敵だ……)

源太は舌を出し、処女の蜜園に差し入れた。

「んふっ」

豊臀がブルッと震え、陰嚢に温かな鼻息がかかる。ペニスが咎めるように強く吸われた。

かまわず濡れた粘膜をねぶれば、裸の下半身が切なげにわななきだす。初めてのクンニリングスで、百合は明らかに感じていた。

（やっぱり、オナニーをしてたんだな）

性感も発達しているようだし、いつかこういうときが来るのを、夢描いていたのではないか。だからこそ、破廉恥な要求も受け入れられたのであろう。

源太は感じるポイントを探し、丹念に舌を這わせた。クリトリスは小さめのようで、なかなか見つからなかったが、隠れているところを重点的に攻めると、熟れ腰がビクンと大きくはずんだ。

「ンふふふぅ」

切なげによがりながらも、百合は肉根を吐き出さなかった。早く大きくなってと願うみたいに吸いたて、くびれを狙ってチロチロとねぶる。

海綿体が血液を再結集させるのに、時間はかからなかった。彼女のおしゃぶりが巧みだったのに加え、顔に乗ったもっちり臀部のなめらかさと弾力に、源太が昂ったためもあった。

「ふはっ」

喉を突きそうに伸びあがった屹立を解放し、百合が息の固まりを吐き出す。唾液にまみれた肉胴に、指の輪を往復させた。

「も、もう舐めなくてけっこうです」

彼女の要請を、源太は無視した。もっと乱れさせたかったのである。ところが、陰嚢を強めに握られたため、驚いて口をはずす。急所を潰されるのかと焦ったのだ。

「これ……わたしに挿れてください」

百合がねだる。早く初体験を遂げたくて、強行手段に出たらしい。

「わ、わかりました」

源太が答えると、目の前からおしりがいなくなる。もっとじっくり愉しみたかったが、ここは彼女の願いを聞き入れるしかない。グズグズしているあいだに気が変わって、やっぱりセックスはしないとなっても困るのだ。

源太が身を起こすと、代わって百合が仰向けで寝そべる。両膝を立てて開き、男を迎え入れる体勢になった。

正常位はこうするのだと、雑誌か何かで知識を得ていたのだろうか。いや、経験はなくても、本能的にわかったのかもしれない。

「お願いします」

真面目な顔で求められ、源太は無言でうなずいた。彼女に身を重ね、根元を握った分身で蜜園を探る。

（え、すごい）

切っ先をこすりつけた恥割れが、温かな蜜でトロトロになっていたのだ。ねぶったときには、ここまでになっていなかったのに。

いよいよ結合という段になり、肉体が急激な反応を示したらしい。それだけ成熟していた証なのかもしれない。

「ね、ねえ、早く」

百合が急かす。一刻も早く女になりたいと、切なげな面差しが訴えていた。

「わかりました。挿れます」

源太は慎重に進んだ。初めてだから痛がるかもしれず、性急には挑めなかったのである。

おそらく、処女膜の関門があるのだろう。これまでバージンを奪ったことはないが、得ている知識からそう考えていた。

ところが、挿入はスムーズであった。入り口こそ狭かったものの、そこを越えるとペニスがずむずむと呑み込まれる。

いや、いっそ吸い込まれるようであった。

「はあ」

（え、なんだ？）

気がつけば、ふたりの陰部が重なっていた。

百合が息をつく。体内に侵入したモノの感触を確かめるみたいに、蜜穴がキュッキュッとすぼまった。

「は、入りました」

源太が報告すると、「ええ」とうなずく。表情は穏やかだし、痛みはなさそうだ。

「わたし、これで女になったんですね……」

しみじみとした述懐は、三十三年も守り通した純潔を散らした彼女にこそ、相応しいものであったろう。

一方、源太のほうは、初めて味わう蜜穴の感触に狼狽していた。

（うわ、何だこれ）

内部にある無数のヒダが筒肉にまといつき、しかもかすかに蠢いている。挿入のときもこちらが進むのではなく、引き込まれる感じが強かった。得体の知れない生き物に性器を食べられたようでもあったのだ。

「どうですか？」

百合の問いかけにハッとなる。

「あ、ああ、はい……すごく気持ちいいです」

「そうですか。よかったです」

「あの、動いてもいいですか？」

「どうぞ」

許可を求めたくせに、源太は躊躇した。何かとてつもないことが起こりそうな予感があったのである。

それでいて、未知の快感に抗えず、そろそろと腰を引く。同じ速度で中に戻ろうとしたものの、またも吸い込まれる感覚があり、勢いよく腰をぶつけてしまった。

「ああん」

百合がなまめかしい声を洩らす。初めてなのに、早くも快感を覚えているというのか。

彼女の反応に煽られるように、源太は硬い分身を抜き挿しした。

ぢゅぷ……ぬちゅ――。

結合部が卑猥な音を立てる。粘っこい蜜汁が、滾々と湧き出しているようだ。

「ああ、ああ」

気がつけば、源太は情けない声を上げながら、腰をせわしなく振っていた。

(これ、気持ちよすぎる——)

ねっとりとまといつく媚肉が、最上の悦びへと誘う。進むときも退くときも、どちらも快い。しかも、多彩な締めつけを浴びせてくるのだ。

これはまさに、名器というやつではないのか。

鼻息が間断なくこぼれる。急角度で上昇するのがわかりつつも、愉悦に支配された理性はまったく役立たずで、ピストン運動を止められなかった。

そして、二分と経たずに頂上が迫ってくる。

「あ、荒垣さん、もう出ます」

降参して告げると、「わかりました」と言われる。

「このまま中に精液を出してください」

いいのだろうかと迷ったのは、ほんの刹那であった。この最高に気持ちのいい穴の中に、激情を注ぎ込みたくてたまらなかったのだ。

「はい、そうします」

返答して、さらに数往復したところで、源太は昇りつめた。

「ううう、い、いきます」

告げるなり、頭の中が真っ白になった。

射精しながら、自分が何を口走ったのか、どんなふうに悶えたのか、源太はまったく憶えていなかった。一瞬にしてすべての存在が消え去ったと錯覚するほどの凄まじいオルガスムスに、前後不覚に陥ったからである。

気がつけば百合にからだをあずけ、喉が破れそうに荒い呼吸を繰り返していた。全力で何キロも走ったあとみたいに、からだ中の力が奪われている。

「だいじょうぶですか?」

彼女に声をかけられ、ようやく我に返る。

「はい……すみません」

謝って顔をあげた源太は、戸惑う眼差しを向けられ、頬がどうしようもなく火照った。

「あの、おれ、何か変ことを言いませんでしたか?」

不安に駆られたのは、何かやらかしたという確信があったからである。

「ヘンなことというか、とても昂奮されていました」

遠慮がちに述べられて、ますます居たたまれなくなる。おそらく歓喜の雄叫びを上げ、めったやたらに女芯を突きまくったのではないか。

「すみません。荒垣さんの中が、あまりにも気持ちよすぎたものですから」

「そうなんですか？」

「はい。おれ、セックスでこんなに感じたのって、初めてです。いや、大袈裟でなく、本当に」

弁明に、百合が頬を赤く染める。源太がとてつもない快感にまみれていたのは、そのときの様子からわかったのではないか。

「だったらうれしいです。わたしでも殿方を歓ばせることができたのなら」

彼女がほほ笑む。貴重な笑顔を、最高にチャーミングだと源太は思った。

絶頂したあとは、スキンシップを多少なりとも疎ましく思うものだが、少しもそんなことはない。それどころか、ペニスは女体の中で、未だに著しい脈打ちを続けていた。

「でも……」

ふと、百合が沈んだ面持ちを見せる。

「え、どうしたんですか？」

「男の方は、セックスのときに女性が感じてくれないと、面白くないんですよね。

雑誌で読んだことがあります」

やはりその手の記事で、情報を得ていたようだ。

「確か、冷感症とか、マグロ女とか」

余計な言葉まで憶えてしまったらしい。

「いや、それは経験を積めばいいんですよ。ていうか、荒垣さんは何も感じなかったんですか？」

「何もってことはないですけど……ぼんやりと快いかなというぐらいで」

「だったら見込みがあります。女性の初体験なんて、痛いとか違和感があるとか、そういうのが普通なんですから」

会話をしながら、源太はゆるゆると腰を動かした。精を放った内部はいっそう熱く蕩け、煮込んだスープの中にいるみたいだ。

それでいて、締まりも顕著なのである。

「おれのが、まだ大きなままなのがわかりますか？」

「……はい」

「荒垣さんのからだが、それだけ最高なんです。もう、何回しても飽き足らないぐらいに」

「だったら――」

百合がはにかむ。上目づかいで源太を見つめ、両手を合わせた。

「わたしがセックスで感じるようになるまで、その……してくださいますか？」

「もちろんです。こちらこそお願いします」

「よかった」

彼女が目を潤ませ、瞼を閉じる。そっと突き出された唇を、源太は迷いなく奪った。

唇を重ねただけの、子供同士のファーストキスみたいなくちづけ。それこそ百合にとって初めてだろうから、源太も舌を入れなかったのである。

離れると、上気した面差しが色香を増している。初対面の地味な印象が完全に払拭されるほど、神々しいまでに綺麗だった。

「キス、しちゃいましたね」

恥じらった告白に、胸が締めつけられる。

「これからもいっぱいしましょう。キスも、セックスも」

「あの、それって」

百合が身をもじつかせる。

「わたしを、これからもずっと、家政婦として雇ってくださるってことなんですか？」

「まさか。違いますよ」

「え？　それじゃあ——」

彼女が落胆を浮かべる。源太はすかさず、

「家政婦じゃなく、お嫁さんになってください」

プロポーズの言葉に、百合が涙ぐんだ。

「はい、喜んで」

「では」

源太はもう一度キスをした。今度は舌を差し入れ、吐息と唾液をじっくりと味わう。彼女も怖ず怖ずと、自分のものを戯れさせてくれた。

（ああ、やっと素敵なひとと巡り会えたんだ）

感激が胸に満ちて、瞼の裏が熱くなる。

ウイルス禍の不安な日々も、その後の在宅勤務でくさっていた時間も、すべて過去のものだ。諦めずに頑張っていれば、いつか必ず報われる。

三人の魅力的な女性たちとの交歓を経て、百合と運命的な出会いを遂げられた今、源太はそのことを強く実感した。

（百合さん、大好きだ——）

唇を交わしながら、下半身でも深く交わる。男女の熱気が寝室に充満し、やがて切なげな喘ぎ声が流れるのであった。

＊この作品は、書き下ろしです。また、文中に登場する団体、個人、行為などは実在のものとはいっさい関係ありません。

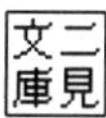

ウチでハメよう

2022年 3月25日 初版発行

著者 橘(たちばな) 真児(しんじ)

発行所 株式会社 二見書房
東京都千代田区神田三崎町2-18-11
電話 03(3515)2311［営業］
03(3515)2313［編集］
振替 00170-4-2639

印刷 株式会社 堀内印刷所
製本 株式会社 村上製本所

落丁・乱丁本はお取り替えいたします。
定価は、カバーに表示してあります。

ISBN978-4-576-22033-8
https://www.futami.co.jp/

二見文庫の既刊本

奥まで撮らせて

TACHIBANA,Shinji
橘 真児

慎一郎はELO映像専門学校、通称「エロ専」に入学。クラスの担当は世界的な賞をとった女性監督だったが、彼女は「自由撮影」と称して面白いものを制限なしに撮ってみろという指示を出した。そのため同じグループの元OLにオナニーをさせられ、不思議キャラのお嬢さまのお尻を舐めさせられ……と、さんざんな目に遭うことに。撮影魂炸裂の官能エンタメ！